パーティ

山田悠介

幻冬舎文庫

パーティ

現在 ①

朝の単線列車にはほとんど客はおらず、先頭車両には彼一人だけであった。

戸部康太《とべこうた》は一直線に走る列車の窓際で頬杖《ほおづえ》をつきながら、流れる景色に目をやっていた。

昨夜の雨の影響か、景色一面には霧がかかっていた。その霧を裂くように、薄い雲から太陽が射《さ》した。彼は少し目を細めた。

横浜《よこはま》から三時間かけて山梨県西八代郡《にしやつしろ》にやってきたが、少し都会から離れただけでこんなにも変わるものかと思うくらいに辺りは緑一色で、ただ心落ち着くような自然の景色に目を向けても、彼の心は静まることはない。むしろその鬱蒼《うっそう》たる森が、不気味にすら感じられた。

突然、目の前の景色が真っ暗になり、彼はハッとした。列車は康太のはやる気持ちとは裏腹に、長いトンネルをゆったりと進んでいく。

彼は、窓に映る自分の顔をマジマジと見つめてみた。

なんて顔してるんだ、と彼は呟《つぶや》いた。

あまり寝ていないせいか眼窩《がんか》は窪《くぼ》み、頬が随分と痩《こ》けたので急激に年老いたように見えた。今の表情を見ると長い長い人生を歩んできたように感じるが、彼はまだ十九である。人生はこれからだというのに、何もかもが終わったように思えた。

彼はいずれ、警察に捕まる。それは覚悟している。だがその前に全《すべ》ての『ケリ』をつけなければならなかった。だからあの手紙に書かれてあることを信じ、列車に飛び乗ったのだ。

三十分後、列車にアナウンスが流れた。

『終点、甲斐《かい》三山《さんざん》』

車掌の声が聞こえた瞬間、康太は言いようのない緊張に襲われた。しかしここまで来て引くつもりはない。

間もなく列車は速度を落とし、誰もいない小さな田舎駅に停車した。改めてアナウンスが流れると扉が開く。彼は閉じていた目を開き立ち上がった。

ホームに下りたのは、康太を含めて二人だけだった。もう一人のその男は、こちらを確認した後、ゆっくりとした足取りでやってくる。

目を細めた康太は、

「英紀《ひでき》」

と呟いていた。

平沼《ひらぬま》英紀は、少し手前で遠慮がちに手を上げた。笑みはない。複雑な表情である。

「久しぶりだな」

英紀は少し気まずそうに言った。

久しぶりといっても、実はそんなに月日は経《た》っていない。あれから約三ヶ月だ。たったそれしか経《た》っていないというのに、康太はどう返事をしたらよいのか考えてしまい、結局は、

「ああ」

と頷《うなず》くだけであった。

「国男《くにお》と仁志《ひとし》は来てないようだな」

英紀の言葉に康太は辺りを見渡しながら、

「そうだな」

と返す。

「どうする？　もう少し待つか？」

康太は考えることなく、英紀に言った。

「そうしよう」

二人は無言のままベンチに座った。五月とはいえ、まだまだ風は冷たい。二人は身を縮め

ながら次の列車を待った。お互い、何を喋《しゃべ》ったらよいのか分からず、しばらくどちらも口を開くことはなかった。

沈黙が解かれたのは約三十分後であった。

彼らが来た方向から列車がやってきたのだ。

ポケットに手を入れたまま二人は立ち上がった。徐々に速度を落とす青い列車はホームに滑り込んだ。しかし、見た限りでは車内に知る者の姿はなかった。

来ないつもりだろうか、とそう思った矢先であった。後方から、二人の男がこちらにやってきた。

国男と仁志に間違いなかった。しかし二人の表情も厳しい。三ヶ月ぶりの再会だというのに、懐かしむ様子は一切ない。

どんな時もずっと一緒にいた四人が、こんなぎくしゃくとした関係になってしまったのは俺のせいでもあると、康太は強く責任を感じた。

「久しぶりだな」

と後藤《ごとう》国男は、それでも取り繕うかのように言った。彼と目を合わせた康太は、

「来てくれたんだな」

と少し頬を緩めた。

「当たり前だろ」

国男は鋭い目つきで言った。

険悪なムードを和らげようと、康太は伊藤《いとう》仁志の肩に手を置き声をかけた。

「仁志も、来てくれたんだな」

仁志は下を向きながら小さく頷いた。

「それよりも康太」

国男はもう、いてもたってもいられないといった様子だった。

「手紙に書かれてたこと、本当なんだろうな？」

康太はしばらく考えた後、頭《かぶり》を振った。

「俺にだって分からないよ。でも、行くしかないだろ」

「それにしてもなんで突然？　おかしくないか？」

英紀の疑問にも、当然答えられる者はいなかった。なぜ女から突然手紙が届いたのか、謎に包まれていた。

康太は、ホームの柱時計に目をやった。午後十二時三十分であった。

こんな所で突っ立っている場合ではないというように、

「行こうぜ」

と言って国男が改札へと歩き出した。康太は英紀と仁志の二人と顔を見合わせた後、足早に歩いていく国男についていく。三ヶ月ぶりに再会した四人は、手紙に書かれていた『神獄《みたけ》山』という聞いたこともない山を目指した。

お土産屋《みやげ》が集う駅周辺をしばらく彷徨《さまよ》った康太たちは、『神獄山』行きと表示されている路線バスを発見し乗り込んだ。生まれて一度も『神獄山』なんて聞いたことがなかったが、終点になっているくらいだ、実は有名な山なのだろうか。しかし本当にそうなのだろうか、とも思う。三つ目のバス停に到着すると、康太たち以外の客は全員降車し、車内に残ったのは康太たち四人だけになった。その先も客が乗ってくる様子はなく、バスは次々とバス停を過ぎていくのである。少しでも有名な山ならば、平日のこの時間とはいえ、もっと多くの登山者がいてもいいのではないか。この地点で客が乗っているのがよほど珍しいのか、運転手も露骨にこちらの方をチラチラと窺《うかが》っている。

康太はその目線にドキリとした。

有り得ない。警察だって四人にまだ辿《たど》り着けていないのだから。

それでも運転手と目が合った康太はすぐさま窓の景色に視線を変え、平静を装った。

「どうかした？」

仁志に声をかけられた康太は、

「いや、何でもない」

と頭を振る。

「みんな」

と前方を指さしたのは英紀であった。

視線を前に向けた彼らは数秒間、言葉をなくした。

想像していた小規模な山ではなく、フロントガラスに収まりきらないほどの雄大な山が目に飛び込んできたからである。彼らの瞳《ひとみ》に映るその山は、青空に浮かぶ雲よりも高く、山頂付近は雪で覆われている、高さはともかく、富士山を彷彿《ほうふつ》させるほどの雄大な山であった。

「おい、あの山じゃないよな？」

国男の言う通りだ。まだあの山が『神獄山』だとは決まっていない。

「俺が運転手に聞いてくる」

立ち上がった英紀は運転手に近づいていった。康太たちも、英紀についていく。

「運転手さん」

英紀に声をかけられ、中年の運転手はこちらを一瞥《いちべつ》した。

「何か？」

英紀は前方にそびえ立つ山を指さし、尋ねた。

「あの山が、神獄山ですか？」

バックミラーに映る運転手の眉《まゆ》がピクリと動いた。

「やっぱり君たち、神獄山へ行くのかい？」

意味深な問いに、四人とも返答に窮した。彼らは運転手の次の言葉を待った。

「君たち、まさか何か大きな罪でも犯したのかい？」

運転手は冗談で言ったのだろうが、康太たちは過敏に反応した。

「どういう意味だ」

過剰反応する国男に、運転手は臆《おく》した。

「本気にしなくてもいいだろう。あの山は昔から、頂上に神がいると言われていて、罪を犯した多くの人間が神の許しを得るために登ったという、地元では有名な山なんだ。しかし今では坊さんの修行の場とされているがね。一般人はほとんど登らないよ」

その話を聞き、彼らは押し黙ってしまった。

罪を犯した人間が、神の許しを得るために登る、と康太は胸の内で繰り返した。

「それにそんな恰好《かっこう》じゃ危険だよ」

運転手の言う通りであった。パーカーにスエット姿の国男はまだいいとして、康太、英紀、仁志の三人は薄手のコートにジーパンだ。あんな高く険しい山に登るなんて無謀である。しかしそれでも引き返すつもりはなかった。

「登るつもりなら止《や》めといた方がいい。遭難者だって何人も出ている。死にたくないなら止めておくんだ。いいね？」

運転手は念を押した後、車内にアナウンスを流した。

『次は終点……』

康太たちは運転手の言葉を無視し、バスを降りた。


走り去っていくバスを見送った四人は辺りを見渡した。樹木以外は何もなく、ヒューヒューと音を立てながら吹く風と、カラスの鳴き声とが妙に不気味だった。異様に肌寒く感じるのはそのせいか。

歩き出したのは康太だった。

四人は、運転手に教えてもらった通りの道を歩いていく。途中まで道は舗装されていたが、山に近づくに連れ道は酷《ひど》くなる一方で、最後は泥の中を歩いていた。

バス停から二キロほどは歩いたか。道無き道に、汚れきった看板がポツリと立てられてあるのを四人は見た。

『神獄山』と書かれた下に矢印が表示されている。このすぐ近くに寺があるのか、微《かす》かに鐘の音が聞こえてきた。

「本当に、この先行ってもいいのかな」

仁志が弱々しい声を洩《も》らした。

「ビビってんじゃねえ。行くんだよ」

国男は康太を抜いて先頭を歩いていく。

更に十分ほど歩いたろう、康太たちの前に、

『登山口』

と書かれた看板が見えてきた。

その少し先に、両脇にロープが張られた急斜面の階段道がある。

康太たちは吸い寄せられるようにロープ手前まで歩み寄り、立ち止まった。

英紀は上を見ながら、女の名を口にした。

「この山の頂上に、本当に加納静香《かのうしずか》がいるのか」

女の名前なんて聞きたくないというように、国男は眉間《みけん》に皺《しわ》を寄せた。

「罠《わな》ってことは」

国男は、仁志にその先は言わせなかった。

「そんなの許されるか」

加納静香の行動は何一つ予想がつかなかった。罠かどうかも不明なのである。だが女からあの手紙が届いた瞬間から、彼らはこの山を登らなくてはならなくなった。それしか残された道はないのである。たとえそこに出口がなくとも、彼らは登って行くしかないのだ。

当然麓《ふもと》からでは頂上は見えないが、過酷な道だということは覚悟している。

康太は一歩を踏み出した。境界線であるロープの中に入り階段を上っていく。ほんの少し上っただけで全身から汗が噴き出るほど斜面はきつい。足の筋肉が強張《こわば》り、四人のペースはすぐに落ちた。しかしこれくらいで足を止める四人ではない。この先どんな困難が立ちはだかっても、いやたとえ死が待っていようとも引き返すつもりはなかった。ここまで彼らを駆り立てるのは、ある少女への強い想いと、加納静香に対する殺意である。

「俺はあの女を殺すつもりで来たんだ」

国男は目を血走らせて言った。康太はそう宣言した国男を止めなかった。彼だって女を殺したい気持ちで溢《あふ》れていた。山を登るなんて面倒な作業は省いて、一刻も早く加納を捕まえたかった。女は罰を受けるべきである。康太は、加納にどんな罰を与えようか思索した。女の首に手を伸ばし絞め殺す想像を思い浮かべた彼の全身は火のように熱くなった。

冷静さを取り戻したのは、一瞬少女の笑顔が掠《かす》めたからである。

桜田美希《さくらだみき》と初めて出会ったのは七年も前になるが今でも鮮明に憶《おぼ》えている。
四人が小学六年生に上がったばかりであった。あの日は、とても暖かかった。

過去 ①

今年もまたいっぱいの桜が校庭を鮮やかなピンク色に染めた。『横浜市立桜花《おうか》小学校』の門をくぐった康太は暖かい日射《ひざ》しを受け、綺麗《きれい》な桜を見ながら校舎を目指す。しかし内心は冷静ではなかった。今日から六年生になった彼は、緊張感に満ちていた。

なぜなら数百メートル先に、クラス分けの結果が出ているからだ。

少子化のせいで彼らの代は二クラスしかない。そのため、国男たちと一緒のクラスになれる可能性は非常に高いが、もし自分一人だけが違うクラスになったら、と気が気ではなかった。もしかしたら一年で一番緊張する時なのかもしれない。それくらい彼にとっては重要なイベントだった。

校舎の入り口付近に立ててある白いボードの周りには、ランドセルを背負った生徒たちが溢《あふ》れ、そこから歓喜の声と溜息《ためいき》が次々と聞こえてくる。『ダサい』ランドセルではなく、五年生の頃から使っている手提げ鞄《かばん》をしっかりと握りしめた康太は、歩調を速め白いボードに向かった。

大袈裟《おおげさ》かもしれないが、心の準備はできていた。彼はボードの前で自分の名前を探していく。

一組に名前は書かれていなかった。となると二組に名前が書かれていることになるのだが、『戸部康太』の名前を発見した彼は思わずガッツポーズをしていた。

運良く後藤国男、平沼英紀、伊藤仁志の三人とも一緒になれたからである。

今年も奴《やつ》らと一緒にいられるのだ。何よりも嬉《うれ》しいことだった。

康太は安堵《あんど》の息を洩《も》らし、胸を弾ませながら駆け足で校舎の中に入った。


三階にある六年二組の教室の扉を開くと、教室の中にいた生徒全員の視線が集まった。

「戸部くんおはよう」

女子の声など今の康太の耳には届いていなかった。仲間がどこにいるか目で探していると、

「へイ康太、こっちこっち」

と英紀に声をかけられた。隣には仁志もいる。康太はいっぱいの笑みを浮かべて窓際にいる二人の元に駆け寄った。

「へイ英紀！　仁志！」

二人とハイタッチした康太は国男の姿を探した。

「国男は？」

英紀はニヤリとして校庭を指さした。

「あそこあそこ」

三人は校舎に向かう国男を見てへへへと笑った。さすがの国男も緊張した面もちである。

窓から身を乗り出した康太は、大声を上げた。

「おい、国男」

国男はビクッと立ち止まり、辺りを見渡した。だが康太たちを発見できないでいる。

「こっちこっち」

ようやく顔を上げた国男に、康太は告げる。

「残念だったな国男、国男だけ違うクラスだぞ」

それを聞いた国男は、

「マジかよ」

と慌ててボードに向かって行った。その姿を見て康太と英紀は腹を抱えて笑った。仁志だけ呆《あき》れた顔を見せた。

「国男が可哀想だよ」

英紀は、ないないと言うように手を横に振った。

「いいのいいの。たまには痛い目に遭わないとな」

「そうそう。今頃必死になってボード見てるよ」

数分後、顔を真っ赤にした国男が教室に入ってきた。

「お前らふざけんなよ、マジだと思ったろ」

康太は笑いながら国男の肩に手を置いた。

「ビビったろ」

「マジ焦ったよ」

「まあとにかく、また一緒になれたんだからいいじゃん」

英紀の言葉に、

「だね」

と仁志が笑みを見せた。

「ったくマジで騙《だま》されたよ」

国男はまだ納得していないようだったが、とにかくホッとしている様子だった。康太は仲間たちの顔を見て、また一緒に学校生活を送れることに改めて喜びを感じていた。

国男、英紀、仁志の三人とは小学一年生からの仲間で、三年生の時に英紀と仁志とはクラスが離れてしまったが、それ以外はずっと同じで、何をするにも四人一緒に行動してきた。

リーダー的存在なのが国男だ。彼は母親を早くに亡くしており、現在は青果店を営む父親と寝たきりの祖父と三人暮らしだ。

坊主頭に人を威嚇《いかく》するような尖《とが》った目が特徴で、見た目通り喧嘩《けんか》も強い。学校一なのは間違いない。学年が上だろうが何だろうが関係なく色々な奴を負かしてきた。喧嘩する場面を何度も見ている女子のほとんどが国男を怖がっているが、実は誰よりも優しいのが彼で、虐《いじ》められている人間や困っている人間を見ると放っておけないタイプだ。国男が人を助ける場面を康太は何度も見てきている。仲間の中で一番頼りになるのが国男だ。

ムードメーカーで、女子に一番モテるのが平沼英紀だ。建築家の父と、ファッションデザイナーの母を持つ英紀は小学生の時から既にセンスが良く、お洒落《しゃれ》好きだ。少し茶色に染めたサラサラの髪と高い鼻が特徴で、まるでどこかの王子を見ているようだ。

そんな彼が一番得意とするのが人を笑わせることである。人一倍頭の回転が速く、次から次へと言葉が出てくる。落ち込んでいても、英紀が隣にいてくれるだけで明るい気分になれる。ただ、お調子者の彼は調子に乗りすぎる所があり、度を越えたイタズラが教師にバレ、自分たちまでこっぴどく叱られたことが何度もある。スリルがないよりはマシかもしれないが、英紀といるといつもヒヤヒヤとさせられる。

いつも国男の後ろに遠慮がちにいるのが伊藤仁志である。学年一優秀な成績を持つ彼は大の犬好きで、将来の夢は獣医だそうだ。小学生にしてすでに犬の知識は豊富で、犬の話をするときの仁志の目は輝いている。病気になった犬をいっぱい助けてあげたいのだそうだ。国男と全く正反対の彼がなぜグループにいるかというと、小学一年生の時に『メガネ』と呼ばれイジメられていた仁志を国男が助け、それ以来、仁志がグループに加わったのだ。ただ、五年近く経った今も仁志の気弱な性格は直らない。

俺が強くしてやる、と国男が毎日のように仁志を鍛えているのだが、あまり効果はないようだ。とはいっても、少し気弱で優しい仁志の方が康太は好きであった。優しい心があるから、犬を思いやることもできるのである。仁志ならきっと立派な獣医になれるだろうと康太は確信していた。

この三人が、康太の自慢の親友たちだった。皆性格がバラバラで喧嘩も多いが、決して絆《きずな》が壊れることはなく、いつしか仲直りしている最高の仲間だ。時に無茶して痛い目をみるが、最後は四人でゲラゲラ笑っている。大人になってもきっとこの関係は続いているだろう。

校舎にチャイムが鳴り響いてから数分後、新しい担任の教師がやってきた。新しいといっても、五年生の時と同じ担任、松林和子《まつばやしかずこ》先生だ。今年四十歳になる松林には二人の男の子がいるらしく、上が自分たちと同じ小学六年生になるそうだ。だからというわけではないのだろうが、子供の気持ちを一番理解してくれるとてもいい先生で、児童全員から慕われていた。

松林は教壇に上がり、号令をかけた。

「はい、起立」

全員が立ったのを確認した松林は、

「おはようございます」

と深く礼をした。

「着席」

椅子に座った康太はあることに気づいた。窓際の一番後ろの席が空いているのである。初日から休みであろうか。

康太の疑問は松林によってすぐに解消された。

「みなさん、今日から六年生ですね。後輩たちのお手本になれるようしっかり頑張ってくださいね。そして後一年、みんなで楽しく過ごしましょう」

お決まりの言葉の後、数人が小さな返事をした。小さな返事に少し不満そうではあったが、松林はこちらに背を向けチョークを手にした。

「今日からあなたたちの担任をすることになりました松林和子です。この中のほとんどが知っているといると思うけどよろしくね」

「よろしくカズちゃん」

英紀がふざけると教室に笑いがおこった。松林は英紀を軽くあしらった後、軽い調子で言った。

「実はみなさんに、新しい友達を紹介したいと思います」

突然の報告に皆舞い上がる。今まで転入生なんてやってきたことがなかったので、康太は妙に緊張した。

「男？　女？　どっちすか？」

国男が尋ねると、松林はニッコリと微笑《ほほえ》んで答えた。

「よかったわね国男くん。女の子よ」

「べ、別に俺は嬉《うれ》しくねえよ」

クスッと笑った松林は教室の扉を開け、転入生を招き入れた。

「さあ入って」

なかなか教室に入ってこようとしない転入生にもう一度手招きすると、髪が長くて、康太たちよりも多少背の高い女の子が入ってきた。と同時に、教室中がシンと静まり返った。沈黙に耐えられないというように、転入生はずっと下を向いてしまっている。なので、顔はハッキリとは分からない。

「紹介します。静岡県からやってきた、桜田美希ちゃんです。みんな、仲良くしてあげてくださいね」

「はいはい質問」

松林がそう呼びかけると、小さな返事が重なった。

いきなり英紀が大きな声を上げるとビックリしたのか、桜田はハッと顔を上げた。

康太の抱いた第一印象は、デカイ割りにはなかなか可愛い、だった。目はパッチリとしているし、口も鼻も整っている。恐らく、クラスで一、二番なのではないか。

「平沼くん。どうしたの？」

舞い上がっている英紀は、桜田に矢継ぎ早に聞いた。

「好きな食べ物は？　好きなテレビは？　マンガとか読む？」

恥ずかしいのか、それとも困っているのか、桜田は答えるどころか顔を下げてしまった。

松林も、彼女がみんなと仲良くなれるいいきっかけになるのではと思ったのだろう、しばらく様子を見ていたが、彼女に答えられる余裕がないと判断したようだ。

「平沼くん。そんなに次々と質問したら彼女が困っちゃうでしょ」

「そう？」

松林は桜田に優しく声をかけた。

「そんなに焦らないでいいからね。ゆっくり慣れていってね」

桜田はほんの小さく頷《うなず》いた。康太の目にはそれが無愛想に見えた。

「じゃあ桜田さん。あそこの空いている席に座ってください」

そう指示された桜田は下を向きながら席に歩いていき、身体《からだ》の大きさに似合っていない赤いランドセルを机の横にかけて、遠慮がちに座った。皆の視線を感じるのだろう、彼女は微動だにしない。

教室にチャイムが鳴り響いた。松林は手を叩《たた》き、全員によびかけた。

「さあ始業式が始まりますよ。みんな、廊下に出てください」

廊下を出る際、国男が桜田を見ながら言った。

「何か暗そうな女だな」

康太も同じ意見であった。


始業式を終えた康太たちは教室に戻った後、松林の指示で、各々の係決めを行った。

その結果、国男は体育係。英紀は一番最悪な黒板消し係に、仁志は金魚の飼育係、そして康太は五年生の時にも務めていた学級委員に指名された。ちなみに桜田美希は教室の花の面倒を見る植物係に決まった。毎日植物に水をやるだけの地味な係である。

この日は、始業式と係決めを行い学校での一日は終了した。本当は下校した後、康太は国男たちと思いっきり遊びたいところなのだが、途端に憂鬱《ゆううつ》になった。脳裏に母の顔がちらつくのだ。


コンビニのゴミ箱の前でキャラクターシールの入ったお菓子袋を開けた国男は、周囲にまで聞こえるほどの歓喜の声を上げた。

「よっしゃ、キラシールだぜ」

隣で見ていた英紀と仁志は羨《うらや》ましそうに国男の手にあるキラキラと光るシールを見つめる。

「いいな、国男。俺なんてまたダブリだぜ」

「僕もだよ」

英紀も仁志もどうやら納得のいくシールではなかったようだ。

「今日は買ってよかったぜ」

国男は満足そうにウエハースとチョコレートからなるお菓子をボリボリと食べる。英紀はそのお菓子に飽きたようで、食べずにゴミ箱に捨ててしまった。

「もったいないよ英紀」

仁志が注意すると英紀は、

「俺の勝手だろ」

と口を尖《とが》らせながら言った。康太一人がお菓子を買わず、ただ三人の様子を見つめているだけであった。

三人が熱中しているのは、現在小中学生の間で人気のアニメをシールにしたもので、国男たちはお小遣いをもらう度にこのお菓子を購入し、良いシールが出れば大喜びし、要らないシールが出ればがっくりしている。このシールは学校中で流行《はや》っているのだが、実は康太にはその面白さがよく分からなかった。

思わず溜息《ためいき》をついた康太に、国男は無神経な言葉をかけた。

「どうした康太。これからママと勉強ですか？」

隣で英紀が笑っている。怒る気にもならなかった。

母との約束の時間は迫っている。

「俺、そろそろ帰る。じゃあね」

三人に背を向けると、国男たちは後ろをついてきた。

「怒るなって康太」

「別に怒ってないよ」

「それよりさ」

英紀が突然話題を変えた。

「今日の転入生、どう思う？」

「どう思うって？」

仁志が首を傾《かし》げると、英紀は鈍いなというように、

「あいつ、すっごい暗いよな」

と言った。

「てゆうかよ、女子なんてどうでもいいじゃん」

国男の言う通りだ。女子には興味がない。それに今は、転入生のことなんて考える余裕がない。ただただ家に帰りたくないのである。

しかし、気持ちでは拒んでいても身体は自宅の方へ向かっている。足取りは重くても、いずれは自宅に到着する。

四人の中で一番最初に別れるのが康太だった。康太はそのことにいつも寂しさを感じていた。

三十階建ての超高級マンションが嫌でも目に入った。康太の家は最上階である。バルコニ

ーからはランドマークタワーやみなとみらい、そしてレインボーブリッジなどが一望できるが、康太はあまり景色を眺めない。飽きたというか、そんな気分にはなれないのである。

「じゃあな康太」

何の悩みもないのであろう国男の明るい声が後ろから聞こえた。康太は力無く手を上げ三人と別れた。

エントランスでオートロックのドアを開けた康太はエレベーターに乗りボタンを押した。扉が閉まり、箱が上がっている間、このままどこか違う場所に行ってしまいたいと本気で思った。

しかし僅《わず》か三十秒で現実に引き戻された。エレベーターから降りた康太は三〇一〇号室の扉を開けた。その音を動物のごとくとらえた母親が急いで玄関にやってきた。

「おかえり康太」

甲高《かんだか》い、どこか澄ました声がドッと疲れを倍増させる。

「ただいま帰りました」

どうして母、紀子《のりこ》は出かける用事もないのにいつも派手な化粧をし、小綺麗《こぎれい》な洋服を身にまとっているのだろう。どうでもいい疑問を抱きながら康太は自分の部屋に入った。彼の机の隣で二つ下の弟、光二《こうじ》が黙々と勉強している。兄が帰ってきたというのにおかえりの一言もない。ただこちらを一瞥《いちべつ》しただけだ。

「今日の始業式はどうだったの？」

康太は手提げ鞄《かばん》を机に置き、ワザと母の嫌がるようなことを言った。

「国男と英紀と仁志の三人とまた一緒になったよ」

英紀と仁志はまだいいとして、ＰＴＡに評判のよくない国男の名前を出すと、紀子は露骨に嫌な顔をした。

「もうあの子とつき合うのはよしなさいよ」

康太は聞こえないというように話題をそらした。

「ちなみに今学期も学級委員に選ばれました」

嬉《うれ》しいのだろうが、国男の存在が引っかかるようだ。母は複雑な表情を見せた。

「そう」

「じゃあ勉強します」

母にはこの言葉が一番効果がある。そう言えば邪魔はできないのである。

「頑張ってね」

満足そうに言って母は部屋を出ていった。康太は机の中から塾の問題用紙をとりだし、シャーペンを握る。

今から約六時間、問題用紙と向き合うことになる。当然、嫌々だが隣には『監視役』のような存在の弟がいる。とりあえずノルマはこなさなくてはならない。

「お前、そんなに勉強して楽しいか？」

聞こえないふりをしている光二はカリカリとシャーペンを動かすだけである。いつからこんな表情のない弟となってしまったのだろう。全て両親のせいである。

「お兄ちゃんは楽しくないの？」

抑揚のない声で尋ねられ、康太は心とは真逆のことを言った。

「楽しいよ」

ただ虚《むな》しいだけだった。


時計の針が七時をさすと、自宅に父、典武《のりたけ》が帰ってきた。しかし父は部屋にはやってこない。子供の勉強の邪魔はしてはならないと思っているからだろう。

典武が帰ってきてから三十分後、リビングから紀子の声が部屋に届いてきた。

「二人ともご飯よ。いらっしゃい」

その声を聞くと光二はピタリとシャーペンを止め、無表情のまま部屋を出た。

康太は複雑だった。勉強するのも嫌だが、四人でご飯を食べるのはもっと嫌だ。いつもは父が遅いか、彼が塾で家に帰って来るのが遅いので、四人で夕飯を食べることは滅多にないが、学校が早くに終わった時は大体家族四人で食卓を囲むことになる。

「康太。早くいらっしゃい」

　本当ならこのまま部屋に閉じこもっていたいが、それはそれで面倒くさいことになる。康太は明るい顔を作ったが、口元だけはごまかせなかった。

「おかえりなさい」

　仕事から帰ってきたばかりだというのに典武は一切疲れた表情は見せず、厳しい顔で応《こた》えた。

「ああ、ただいま」

　食卓には好物のシチューが並べられている。しかし康太は早く食べ終えて部屋に戻りたかった。

「どうだ？　勉強の方は捗《はかど》っているか？」

　典武は康太に聞いた。

「うん。心配ないよ」

　康太は平気で嘘をついた。

「そうか。頑張りなさい」

「はい」

四人は手を合わせ、夕飯を口に運んでいく。食事の最中は、一切会話はない。テレビも観《み》てはならない。康太のストレスは溜《た》まっていく一方だった。どうしてこんな家に生まれたのか。康太は自分の運命を呪った。

弁護士である父、典武は常に厳しい人で、滅多に笑った顔は見せない。毎日のように勉強、勉強と康太たちに言い聞かせている。私立中学に康太たちを入れたいからだ。

優秀な大学を出れば良い人生を歩むことができる、と父は口癖のように言うのだが、康太はそれが全てなのかと小学生ながらに疑問を抱いていた。今は仲間たちと一緒にいるのが最高に楽しくて幸せなのに、父と母はそれが分かっていない。世間体ばかりを気にしている。親の面子《メンツ》を保ちたいのだ。

「そういえば、あなた。康太は今学期も学級委員に選ばれたらしいのよ」

それを聞いた典武は満足そうに頷《うなず》いた。

「そうか康太。偉いぞ」

笑顔を見せる康太は、心で溜息《ためいき》を吐いた。この息苦しい空間から一刻も早く逃げ出したいと常々思っている。

学校をどこよりも楽しく感じているのは、仲間がいるのは勿論《もちろん》、家にいないですむからだ。

こんな日々がいつまで続くのか、考えるだけで頭がおかしくなりそうだった。

翌朝、七時に目覚ましをかけていた康太は、学級委員だから早く学校に行かなければならないと母に嘘をつき、急いで仕度をした。

もう時間が無い、と朝食も摂《と》らず、康太は逃げるようにして玄関に向かった。

いつも家を出た瞬間、自由の世界に解き放たれたように感じる。エレベーターに乗るまで母が廊下で見送っているが、康太は一度も振り向いたことがない。この日は運良く三十階でエレベーターが停まっていた。

マンションを出た康太は、直接学校には向かわない。七時半に着いても誰もいないので、遠回りしながら、ゆっくり登校するのだ。とは言っても、八時には学校に着くことになる。

それでもいつも通り、一番乗り、のはずだった。

教室の扉を開けた康太はビックリして思わず声を上げてしまった。

窓際で花に水をやっている女子がいる。

「おい」

声をかけると、女子はゆっくりとこちらを振り返った。

「あ、えっと」

すぐに名前が出てこず、言葉に詰まった。

そうだ、と康太はようやく思い出した。昨日転入してきた女子だ。

「桜田、だったよな？」

自信なさそうに言うと、桜田は小さく頷いた。

康太は、俺は学級委員なんだから、と自分に言い聞かせ、彼女に優しく接することにした。

「オッス」

桜田は、やっと口を開いた。

「お、おはよう」

あまりよくは聞こえなかったが、初めて声を発したのではないか。アニメのヒロインのような可愛らしい声だった。

「お前、どうしてこんなに早く来たの？」

と質問すると、桜田は花を指さした。

「植物係だから」

「そっか」

すぐに会話がなくなり、康太は妙に気まずさを感じた。手提げ鞄を机に置き、椅子に座った康太はすぐに次の質問をした。

「静岡から来たんだろ？」

「うん」

「どうして？」

あまり答えたくないのか、桜田はその問いには口を開かなかった。

教室に、再び沈黙の空気が流れる。なぜこんなに緊張しなければならないんだ、と康太は思った。

「お前、家どこらへんなの？」

まだ横浜に来たばかりの桜田は、答えに迷っているようだった。

「青果店の、近くかな」

「青果店？」

この時、康太はピンときた。

「もしかして、国男の家がやってる青果店か？」

「国男？」

「ああそっか、分かるわけないか。えっと、後藤青果店ってとこ？」

「確か、そうだったかな」

国男の家のすぐ近くに住んでいるのを知った康太は妙に嬉《うれ》しくなってしまった。

「マジで。そうなんだ！」

あまりよく分かっていない桜田に、康太は簡単に説明した。

「後で分かると思うけど、俺たちのクラスに後藤国男って奴がいるんだ。俺の一番の仲間なんだけどさ。その国男って奴の家が青果店なんだよ」

桜田はその説明で理解したようだ。

「そうだったんだ」

しかし彼女の表情はまだ硬い。

国男と家が近いだけで気分が良くなった康太は桜田を勇気づけた。

「分からないことがあったら俺たちに何でも言えよな」

その言葉がよほど嬉しかったのか、桜田が初めて笑みを見せた。

「ありがとう」

「大丈夫だって、すぐに友達いっぱいできるからさ」

「うん」

桜田は暗い女子だと思っていたが、決してそんなことはない、と康太は誤解に気づいた。

慣れていけば、国男たちとだって仲良くしていける。

朝のこの会話が彼女を勇気づけたのは明らかだった。それから桜田は多くの女子と仲良くなっていき、康太たち四人とも会話ができるようになっていった。意外だったのが、国男が積極的に桜田に話しかけたことだ。住んでいる場所が近いというだけで親近感が湧いたのだろう。女子にこんなにも話しかける国男を見るのは珍しかった。完全に国男を味方にした桜田は『転入生』という理由でイジメられることなく、平和な学校生活を送れるであろう。一人、また一人と友達ができ、桜田も安心したはずだった。

今学期初めての体育の時間にそれは起こった。

待ちに待った体育の時間に男子のほとんどが急いで着替え、外に飛び出していく。康太たちは松林がくるまで、倉庫周辺に落ちていたボールでドッジボールを始めた。が、すぐにチャイムが鳴り、松林がグラウンドにやってきてしまった。

本当はもっとドッジボールをして遊んでいたかったが、この日の授業は一年に一度の体力測定である。球技が大好きな康太たちにとっては不満だが、手を抜くわけにもいかなかった。女子だって見ているし、男のプライドがある。ライバルたちに負けるわけにはいかないのだ。

「はい、みんな集合」

整列する際、女子たちと仲良く話している桜田の姿が目に映った。転入してきてまだ日は浅いが、どうやらすっかりクラスに溶け込んだようだ。ただ、どこか不安そうな表情をしているのは気のせいか。

「おい康太」

国男に話しかけられると、康太の瞳《ひとみ》から桜田の姿は消えた。

「百メートル走、どっちが速いか勝負だ」

国男と康太の足の速さはほぼ互角である。ライバルに勝負を挑まれ、康太の意識はすっかり百メートル走の方に向けられていた。

「俺たちだって負けねえよ。な？ 仁志」

英紀は自信満々だが、運動のあまり得意ではない仁志は乗ってこない。

火花を散らす三人は準備体操した後、松林の指示で一旦《いったん》座らされた。

「では授業を始めます。今日は前々から言っていた通り、体力測定を行います。男子と女子に分かれて行いますが、まず男子は遠投から始めてください。女子は百メートル走を行います」

「国男くん」

男子から百メートル走をやると思っていたので康太たちは拍子抜けしてしまった。

「はい？」

「あなたが体育係だったわよね？　男子の記録員は国男くんに任せます。それでは準備してください」

「俺かよ」

と不満を洩《も》らしながらも、体育係なのでさすがにこれは仕方ないと諦《あきら》めたのだろう。国男は松林の指示で遠投用のボールを倉庫から運びだし、先頭の児童に渡した。

「じゃあ始めて」

つまらなそうに国男がそう指示すると、先頭の彼は思いきってボールを投げた。

「仁志、距離は？」

体育係でもない仁志は国男の手伝いを任されていた。仁志が距離を言うと、国男は用紙に書き込む。

「はい次。平沼英紀」

「おっしゃ、行くぜ！」

英紀は渾身《こんしん》の力でボールを投げた。思ったよりも距離が出たので、男子からどよめきの声が上がる。

「どんなもんよ国男」

挑発された国男は鼻で笑った。

「簡単に抜いてやんよ」

次々と遠投は行われていき、康太の出番まであと二人となった。余裕を見せてはいるが、心臓はドキドキであった。

彼の番は次に迫っていた。康太は気合いを入れ立ち上がった。が、彼の意識は違う方向に向けられた。

突然、女子の方から悲鳴が上がったのだ。

何事だと康太は女子たちに目を向ける。

グラウンドの中央に一人の女子がグッタリと倒れていた。

よく見ると倒れているのは桜田美希であった。

「桜田さん！」

松林はすぐさま桜田の元に駆け寄った。男子たちも彼女の元に急いだ。松林に抱きかかえられた桜田は、心臓に手を当て、苦しそうに息を繰り返しているだけで、松林や女子たちが心配そうに彼女の名を呼んでも反応できないのだ。それだけではない、顔色はみるみると青ざめていく。次に手と足が痙攣《けいれん》し始めた。

「戸部くん！」

いきなり松林に名前を呼ばれた康太は裏返った声を上げた。

「は、はい」

「保健室に行って事情を話して救急車を呼んでもらって」

頭では分かっていても、身体が言うことを聞いてくれなかった。

「早く！」

松林の強い言葉がようやく康太の金縛りを解いた。康太は全力で保健室に走った。

「先生！」

保健室に駆け込んだ康太は、混乱しながらも養護の先生に事情を説明し、救急車を呼んでもらった。

間もなく、救急車の音が校舎に聞こえてきた。


桜田美希は、その場で救急車に運ばれていった。当然、授業は中断である。松林も救急車に乗って病院へ向かったので、松林が帰ってくるまでの間、教室に残された児童は皆不安であった。大声を上げて泣く女子もいた。

まさか死んでしまったんじゃないかと、康太の脳裏に嫌な予感が過《よ》ぎる。さっきまであんなに明るく喋《しゃべ》っていたのに、彼女の席が空いているのが嘘みたいだった。

それから約二時間後、ジャージー姿の松林が教室に戻ってきた。

「先生」

児童たちの声が重なった。

「美希ちゃん、大丈夫なんですか？」

一人の女子がそう尋ねると、松林は深く頷《うなず》いた。大丈夫だと知り、クラス全員がホッとする。

「今は落ち着いてます。今週中には学校にも来られるって」

とりあえずは心配なさそうで安心した。ただ、松林は深刻な表情を浮かべたままだ。

「あのね、みんな。桜田さんについて、知っておいてもらわなきゃいけないことがあるの」

「どうしたの？」

国男が聞くと、松林は重い口を開いた。

「実はね、私もさっき桜田さんのお母さんから聞かされたんだけど、彼女、心臓が弱いの」

そう言われても、小学生の康太たちにはあまりピンとこなかった。

「生まれつき心臓が弱くて、本当はみんなみたいに激しい運動はしてはいけないってお医者さんに言われていたみたいなんだけど、みんながあまりにも優しくしてくれるもんだから、嫌われたくない思いからか、私も一緒に走らなきゃって思ってしまったみたいで、結果こんなことになってしまったの」

国男は納得いかないというように腕を組んで首を傾げた。

「どうして桜田のやつ、それを言わなかったんだよ」

「ハンデがあるって思われたくなかったそうよ。お母さんにも、体育は見学するっていう条件で、先生には喋らないでってお願いしていたそうなの。特別扱いされたくなかったんでしょう」

松林の話を聞き、康太は体育の授業が始まる直前のことを思い出した。桜田がどこか不安そうにしていたのはそのせいか。

「彼女が横浜に転入してきたのもね、こっちに心臓外科の優秀なお医者さんがいるからだそうなの」

もう一つ謎が解けた。

横浜に転校してきた訳を話さなかったのはそれだったのか。

「美希ちゃん、治るんですか？」

女子児童の質問に、松林は強く頷いた。

「もちろんよ。でもとにかくみんな、これからは桜田さんに無茶させないようにしてほしいの。いいわね？」

児童たちの、沈んだ返事が重なった。康太は、ポツンと空いた席をじっと見つめた。桜田の病がどれほどまで大きなものなのかは分からないが、心臓にハンデをかかえているのは確かなようだ。だが桜田のあの笑顔をもう一度頭に浮かべた康太は、それが信じられなかった。

その後、授業は再開されたものの、教室の雰囲気は暗く、気がつけば一日の終わりのチャイムが鳴っていた。

「今日は桜田さんのことで混乱しちゃったと思うけど、彼女はすぐに元気に登校してくれると思うので、みんなも元気を出して先生に明るい顔を見せてください」

しかし児童からは返事はない。

「ではみんな、さようなら」

一人、二人と教室から出ていく。康太たちも四人固まって廊下に出ようとしたその時、

「戸部くんたち、ちょっと待ってくれる？」

と松林に声をかけられた。

「何ですか？」

松林は、

「話があるから、ちょっと来てくれるかな」と言ってきた。

何か怒られるようなことをしただろうかと顔を見合わせる四人に松林は、

「大丈夫。ちょっと頼みたいことがあるの」

と優しい顔を見せた。その言葉にホッとした四人はクラスメイトの注目を浴びながら松林の後ろをついていった。

職員室に入った松林は、

「さあ入って」

と康太たちを招く。四人はソワソワしながら職員室に入り、松林の指示で黒いソファに座らされた。どんな理由であろうと、職員室に入るのはあまり心地が良くない。

「なんすか？」

国男が聞くと、松林は真剣な表情で話し始めた。

「桜田さんのことなんだけどね」

実はまだ何かあるのではないかと、一瞬不安が過ぎったが、そうではなかった。

「あなたたちが先頭に立って、桜田さんを守ってあげてほしいのよ」

そんなこと言われるなんて考えてもいなかった。

「僕たちがですか？」

「あなたたちが学校のリーダー的存在でしょ。あなたたちが桜田さんを守ってあげれば、きっと全員が力を貸してくれると思うのよ」

それは難しいことではないのだろうが、改まって言われると戸惑ってしまう。

「別に、いいですけど」

康太が了解すると、松林はホッとした表情を見せた。

「ありがとう。そう言ってくれると先生も助かるわ。もちろん先生も気をつけていくけど、万が一、今日みたいに桜田さんが無茶しようとしていたら止めてあげてね」

分かりました、と康太が返事しようとすると、ずっと黙っていた国男が口を開いた。

「先生、桜田がいる病院どこか教えてよ」

「国男くん、お見舞いに行ってくれるの？」

と松林に聞かれても、国男はそれには答えなかった。

「いいから教えてよ」

松林は少し考えた後、国男の気持ちを察したようで、口元を緩めた。

「分かったわ」

松林は自分のデスクからメモ用紙を取りだし、そこにスラスラと文字を書き始めた。病院名と住所であることは容易に予測できた。松林はそれを国男に手渡した。

「じゃあ、お願いね」

国男はメモを確認し、何も言わずに職員室を出ていった。

「国男」

「クニちゃん」

英紀と仁志が呼び止めても国男は振り返りもしなかった。

「どうしたんだ？　あいつ急に」

と首を傾げる康太に、松林は言った。

「ああ見えても本当に心の優しい子なのよね」

立ちつくしている康太の肩に、松林はそっと手を置いた。

「戸部くんも行ってあげて」

自分も三人と一緒に病院に行きたい。しかし康太は迷っていた。時計の針が、康太にプレッシャーを与える。

「どうしたの？」

俯《うつむ》いていた康太は、松林にふっきれたような表情を見せた。

「行ってきます」

少し遅れて、康太も職員室を後にした。

塾をさぼったのは、この日が初めてだった。

国立総合病院についた四人は、受付で桜田の病室を教えてもらい、エレベーターではなく階段で四階まで駆け上った。病室に辿《たど》り着いた四人は、ヒソヒソと話しながら桜田を捜す。すると、部屋の奥から桜田らしき声が聞こえてきた。カーテンが閉められているので確信は持てなかったが、康太はそっと声をかけた。

中の声がピタリと止まる。カーテンを開けたのは、桜田の母親らしき女性だった。もちろん年齢は分からないが、自分の母親と比べると随分と疲れた表情をしている。皺《しわ》や白髪も多い。服装も地味だ。化粧だってしていない。自分の母親とは正反対だと思った。

「美希のお友達？」

「はい」

と答えた康太は、ベッドにいる桜田に声をかけた。

「おう、大丈夫か？」

明るく声をかけられたのは、桜田が思ったよりも元気そうだったからだ。まだ少し顔色は悪いが、桜田は笑みを見せてくれた。

「みんな、来てくれたんだ」

英紀は国男の肩に手を回し、

「国男がどうしても行くって言うからよ」

と冷やかした。国男は英紀の頭を叩《たた》き照れ隠しする。

「そんなこと言ってねえよ」

「いてえな、もっと弱く叩けよ」

「うるせえ」

二人のやり取りを見ていた桜田はクスッと笑った。

「ありがとうね、みんな。美希のために来てくれて」

桜田の母親は、本当にありがたそうに深く頭を下げた。

「いいっすよ。俺たち暇ですから」

と英紀が言うと、隣にいる仁志が突っ込んだ。

「暇なのはヒデちゃんだけでしょ」

「お前は余計なこと言うな」

「それより桜田」

いつになく真剣な顔で国男は桜田に尋ねた。

「どうして心臓が弱いってこと、みんなに黙ってたんだよ」

桜田は責任を感じたのか、下を向いてしまった。

代わりに、桜田の母親が事情を説明した。

「実は美希は、前の学校でイジメられていたの。心臓が弱いっていう理由でね。だから、新しくできた友達に事実を知られるのが恐《こわ》かったのよ」

そんなことがあったのか、と康太は彼女に同情し、隠していた理由も理解できた。

「この子には父親がいなくてね、私が外で働いているから、なかなかこの子の悩みを聞いてあげられないし、私に心配かけまいと、この子も悩みを言ってこない。だから私はいつも心配でね。でも、ここではいいお友達ができたようだから、安心したわ」

「どうしてお父さんがいないんですか?」

無神経な質問をする英紀に仁志が注意した。

「ヒデちゃん」

「いいのよ。この子のお父さんはね、この子が生まれてすぐに事故で死んじゃったのよ。だから今は二人暮らし」

「それで、桜田の病気は治るんですか?」

英紀は聞きづらいことをズバズバと聞いていく。しかし一番肝心な質問だったのは確かだった。桜田の母親はしばらく考えた後、ハッキリと答えた。

「治るわよ。もう少し時間がかかるけどね」

それを聞き康太は心底安心した。

「良かった」

しかし一人だけ未《いま》だ真剣な顔つきをしている国男は桜田の目の前に立ち、

「おい桜田」

と厳しい口調で呼びかけた。怯《おび》える桜田は、国男と目が合わせられない。

「な、何？」

「今日から俺たちのグループに入れてやる」

国男は唐突に言った。

「え？」

「だから、グループに入れてやるよ。ありがたいと思えよ」

不器用で照れ屋な国男には、『守ってやる』とは言えなかったのだろう。本当に国男らしいと、康太は笑ってしまった。

「どうした国男？　桜田のことが好きになっちゃったか？」

横で英紀が冷やかす。

「クニちゃんも、女の子を好きになるんだねえ」

と仁志も便乗する。国男は顔を真っ赤にし、二人の頭を叩いた。

「うるせえお前ら。そんなんじゃねえ。桜田とは家が近いからだよ！」

英紀が目を細めながら疑う。

「本当かな」

「本当だよ！」

仲間のやり取りを面白おかしく見ていた康太は、桜田に改めて言った。

「まあ、そういうこと。桜田は今日から俺らのグループに入ったんだから、恐《こわ》い者なし。仲間なんだから困ったことがあったらマジで言えよな」

その言葉を受け、桜田は少し涙を浮かべながら満面の笑みを見せた。

「うん！」

英紀がいたずらっぽい顔で言う。

「よおし、じゃあいつものやるか」

いつもの、だけで勿論《もちろん》なにをやりたいのか分かってはいるが、康太はあまり乗り気ではなかった。

「おいおい。ここは病院だぞ。怒られるって」

英紀はそんなのはおかまいなしだった。

「ほれ、みんな！」

と言って、手の甲を中央に差し出した。仕方ないというように、国男、仁志、康太の順で手を重ねていく。

「ほら桜田も」

英紀に言われ、桜田は遠慮がちに手を置いた。

「何、これ」

よく分かっていない桜田に仁志が説明した。

「ドッジボールの時、こうやって気合いを入れるんだよ」

桜田はまだ理解しきれていないようだったが、構わず英紀は病室で大声を上げた。

「行くぞ」

康太、国男、仁志の三人は声を合わせた。

「おう！」

五人の手は散るように離れた。

その直後カーテンが開かれた。そこには、青筋を浮かべた看護師が立っていた。

「ここをどこだと思っているの君たち」

「すみません」

と慌てて桜田の母がお詫《わ》びした。

「気をつけてくださいよ」

しばらくの沈黙の後、五人は我慢しきれず噴いた。康太は腹を抱えて笑った。桜田も、転入してきて以来一番の笑みを見せた。


桜田が退院した翌週から、康太たちは桜田と常に一緒にいるようになった。

登校、下校、昼休みはもちろん、体育の時には彼女が無理しないよう気を配り、夏休みに入っても桜田が退屈しないよう、頻繁に遊びに行ったり、様々な学校行事では、桜田の身体に負担がかからないよう、康太たちは企画を練り、一生懸命陰で動いた。

もしかしたら、見る人によっては『過保護』だったかもしれないが、康太たちは二度と桜田の苦しむ顔を見たくなかったし、康太たちの努力の甲斐《かい》あって、桜田は何事もなく一学期、二学期と学校生活を送ることができた。そしてもう一つ確かなのは、桜田が仲間に加わり、康太たちの絆《きずな》が更に深まったことだ。六年間で、こんなにも皆が力を合わせたのは初めてだったし、一番充実していて楽しかったのがこの一年だった。

しかしいつまでもこの時間が続くわけではない。小学校生活もあと三ヶ月とせまっていた。

卒業までの日数を考えているのは、康太ただ一人だった。

卒業が近づくにつれ、康太は複雑な気持ちを隠しきれないようになっていった。卒業してもきっと彼らとは友達でいられると思う。でも今みたいに、常に五人ではいられなくなる。なぜなら、康太一人が中学受験を控えていたからだ。そのことはみんなも知っているが、あえて話には出してこない。それが逆に彼は辛《つら》かった。

そんな苦しい日々が続いていたある日のことだった。

冬休みに入り、毎日冬期講習に通っていた康太は、自宅に帰る途中、桜田に声をかけられた。

「コウちゃん？」

そんな呼び方をするのは女子では桜田しかいない。沈んだ表情をしていた康太は、無理に明るい顔を作り、振り返った。

「おう、桜田」

「やっぱりコウちゃんだ」

「どうしたんだよこんな時間に。もう八時だぞ」

桜田は答えを濁した。

「うん、ちょっとね」

「今日は寒いし、早く帰った方がいいぞ」

「そうだね」

「じゃあ一緒に帰ろうぜ」

桜田を追い抜き、康太はスタスタと歩いていく。

「ちょっと待って」

康太はすぐに足を止めた。

「なに？」

振り返った康太に、桜田は言った。

「少しだけ公園行こうよ」

この近くに五人でよく遊ぶ公園があるのだが、突然どうしたというのだ。

ワザワザ今行くことはないだろうと康太は思う。

「何で」

「いいからさ」

康太は桜田に腕を掴《つか》まれ、引きずられるようにして公園へ向かった。

「何だよ一体」

公園に着くと、桜田はブランコの方へ歩いていった。康太もついていき、桜田の隣に座る。

が、漕《こ》ぐことはしない。寒くてそれどころではない。

それに何だろうこの妙な緊張感は。桜田を意識すればするほど胸がドキドキしてくるのだ。

「何だよ。早く帰らないとお母さんに怒られるぞ」

忠告すると、桜田は首を横に振った。

「大丈夫。お母さん今仕事だから」

そうだった、何言ってるんだ、と康太は自分を責める。

再び長い間、沈黙が流れる。康太は、桜田から話しかけられるのを待った。

数分後、桜田が重い口を開いた。

「コウちゃん、最近元気ないね」

その言葉に康太はドキリとする。

「受験のことで、悩んでるんでしょ」

仲間に受験のことを言われたのはこの日が初めてだった。

「みんながいる前では聞きづらかったからさ」

康太は合点した。桜田は偶然を装っているが、実は自分を待っていたのだ。

「大変なんでしょ？　受験勉強」

「まあね」

と答えたが、本当の悩みはそれではない。

「でも大丈夫。コウちゃんならきっと合格して、私立中学に行けるよ」

その言葉は康太の胸にグサリと突き刺さった。

一旦《いったん》会話が切れると、桜田は軽くブランコを漕ぎだした。

「あと三学期だけか。この一年、本当に早かったな」

桜田の言う通り、アッという間に一年間が過ぎ去ろうとしている。

「楽しかったのは、コウちゃんたちと一緒にいられたからだよ。私の身体《からだ》を気にしてくれて、ありがとう」

桜田がこうして改まって言うのは、自分との別れを感じているからなのか。康太にはそう聞こえた。

「仲間なんだから、当たり前だろ」

「私たち、中学が違っても友達でいられるよね？」

康太は考えてしまった。離れても友達でいたい。でも今のような関係を続けることはできないかもしれない。ただそう思っても、康太は顔には出さなかった。

「全然余裕だよ。毎日一緒に遊べるよ」

それを聞き、桜田はホッとした表情を見せた。

「だよね。良かった」

冷たい風が、二人の身体に襲いかかる。桜田は身を縮めながらブランコから立ち上がった。

かった。

「じゃあね」

「うん」

「そろそろ帰ろうかな」


みんなでいる時は桜田を家まで送るのだが、この日は照れくさくて送ろうかと言い出せなかった。

桜田は、一人で公園を出ようとしている。康太は、ブランコに座ったまま考えに没頭する。

突然、桜田の声がした。

「コウちゃん」

ハッと顔を上げた康太は、悲しげな表情を見せる桜田を見て思わず立ち上がった。

彼女は何かを迷っているようだった。

決心した桜田は、こう言ったのだ。

「コウちゃんは本当に私立中学に行きたいの？」

いきなりそう問われた康太は、激しく動揺してしまった。

「コウちゃんには受験頑張ってほしいけど、本当は私もみんなも、コウちゃんと同じ中学に行きたいと思ってるよ」

そう言い残して桜田は公園から去っていった。

一人残された康太は、冷たい風を受けながら立ちつくした。みんなの顔が、脳裏に浮かび上がってくる。

中学受験はしませんなんて、そんな大それたこと両親に言えるはずがなかった。正直私立なんて行きたくないが、行く覚悟はできていた。しかし、桜田の今の言葉が康太の心を大きく揺るがした。


受験当日の朝、父も母もピリピリとしていた。

「いいか康太。今までやってきたことを全て出し切れば、きっと合格できる。面接は完璧《かんぺき》だったんだ。大丈夫だ」

「そうよ。絶対に合格してちょうだいね」

康太は両親の顔ではなく、その後ろで興味無さそうに朝食を摂《と》っている弟を見ながら答えた。

「わかりました」

「よし。じゃあ行ってこい」

康太は母と手を繋《つな》ぎながら電車に乗り、受験会場に足を進めた。

会場には想像していたよりも多くの受験者がおり、皆、気合いの入った顔つきをしている。

母親と会場に来ている者も多かった。

やっと手を離した紀子は、康太の目線まで屈《かが》んで両肩を強く握った。

「いい？　頑張ってくるのよ」

康太は無表情のまま口を開いた。

「はい」

「それと、これ」

母はポケットからお守りを取りだし、それを手渡してきた。

「絶対に合格できるから。自分を信じて」

「分かりました」

母に背を向けた康太は、会場の中に入った。そして受付で受験番号を見せ、指定された教室に行く。

しばらくすると試験官が教室にやってきた。と同時に受験者は背筋をピンとはる。緊迫した空気の中、康太だけが窓から青い空を眺めていた。

「それではこれより試験を行います。筆記用具以外はしまってください」

言われた通り、受験者は教科書や参考書をバッグにしまう。それを確認した試験官は解答用紙を配っていく。全員に用紙が配られたのを確かめた試験官は、試験中の注意事項をいく

つか話した後、腕時計を見ながら、

「はい、始め！」

と号令をかけた。

受験者は一斉に用紙を表にし、目を血走らせて鉛筆を動かしていく。

しかし康太は、テスト用紙に自分の名前を書き入れただけで、用紙を裏返しにした。他の教科も全て白紙で提出し試験を放棄した。結果は言うまでもなかった。本命も滑り止めも全滅だった。康太は両親を裏切り、仲間を選んだのである。

両親は怒り悲しんだが、康太は後悔どころか罪悪感すらなかった。

これでまた仲間と一緒にいられる、という気持ちの方が強かった。


卒業式当日、六年二組の教室には、胸のあたりに花をつけた二十五人の児童が、松林の到着を待っていた。教室は異様な緊張感に包まれており、誰も席を立たず、国男や英紀すら一言も喋《しゃべ》らなかった。

数分後、着物を着た松林が教室の扉を開けた。それでもまだ誰も口を開かない。静まり返った教室に、松林の声が響いた。

「おはようございます」

全員がしっかりとした挨拶《あいさつ》を返すと、松林は少し面食らった顔をした。

「とうとうこの日がやってきてしまいましたね。この一年間、本当にアッという間でしたね。この一年間君たちを見てきて、最高学年といっても最初のうちはまだまだ子供だと思っていましたが、みんな少しずつ大人になっていき、今日の君たちを見て本当に安心しました。先生がくるまで全員が静かに席についているなんて、たったそれだけのことかもしれないけど、成長した証拠ですよ。来月からまた新たな生活が始まりますが、部活に勉強にと頑張ってね。たまには元気な姿を見せにきてください。私からの言葉は以上です」

既に、数人の女子が啜《すす》り泣いていた。松林はその女子たちの傍《そば》に行き、優しい言葉をかけていく。間もなく、校内にアナウンスがかかった。

「それではみんな、廊下に出て体育館に移動しましょう。立派な姿をご両親に見てもらいましょう」

六年二組の児童は廊下に出たあと、在校生や保護者の待つ体育館に向かい、パイプ椅子についた。

頃合いを見て、教頭が卒業証書授与式開始の合図を告げる。まず初めに児童たち全員で校歌斉唱をし、その次に卒業証書授与に移った。

「六年一組、相沢昇《あいざわのぼる》」

一人、二人と卒業証書を手にしていく。儀式は淡々と進んでいき、六年二組に移った。

「伊藤仁志」

仁志はガチガチになりながら壇上に向かい、校長から証書を受け取った。

「後藤国男」

体育館に一際大きな声が響いた。保護者から微《かす》かな笑い声がした。堂々と歩いていった国男は証書を手にするとき、混乱したのか変な動作になってしまい、再び笑われてしまった。

その後も次々と名前は呼ばれ、いよいよ康太の番が回ってきた。

「戸部康太」

松林に名前を呼ばれた康太は返事をし、壇上に進む。

「学級委員お疲れさま。そして、おめでとう」「ありがとうございます」

証書を手にした康太は保護者席を振り返り席に戻っていく。しかし康太の目に、両親の姿は映らなかった。受験放棄して以来、両親とは一言も口を利いていない。息子の裏切りがよほどショックだったのか、母はしばらく寝込んだ状態が続き、父は更に無口になった。戸部家はあれ以来ずっと険悪である。

康太が椅子についた直後、英紀の名前が呼ばれ、それからしばらくして桜田も証書を受け取った。全員に証書が渡され、次に卒業生、在校生の言葉に移り、最後に校長の言葉で無事、卒業式は終了した。

卒業生は教室には戻らず、グラウンドに出て集合写真を撮る。最後は誰も泣き顔は見せず、みんな笑顔だった。カメラマンからＯＫが出され、康太たちはばらける。その時、四人は松林に声をかけられた。

「どうしたの先生？」

英紀が尋ねると、松林は心の底から褒めてくれた。

「四人ともこの一年間、桜田さんのことありがとうね。先生ね、四人が桜田さんに優しくしてくれて本当に嬉《うれ》しかったわ」

国男は鼻をかきながら、

「当たり前だよ。俺たち仲間なんだから」

と言った。

「そうね。中学に行っても彼女のことよろしくね。ちゃんと守ってあげるのよ」

康太が代表して返事をした。

「はい」

「四人とも元気で」

松林と別れた彼らは、校門前にいる桜田と桜田の母、良子《りょうこ》の元に向かった。

良子は四人に頭を下げた。

「四人とも一年間、美希の面倒見てくれてありがとう。中学に入っても仲良くしてあげてね」

「任せてくださいよ！」

と英紀が言うと、桜田と良子はクスクスと笑った。この時、康太は桜田と目が合い、素早く顔を背けた。彼の頬は紅潮し、胸は高鳴っていた。

「じゃあ美希、行こうか」

良子は桜田の手を引いた。康太は桜田に少し照れながら言った。

「入学式、みんなで一緒に行こう！」

桜田は微笑《ほほえ》みながら頷《うなず》き、小学校を去っていった。康太は彼女の背中をずっと見つめていた。それだけで全身が火照っているのを彼は自覚した。

こうして自分に正直な道を進むことができたのは桜田のおかげである。彼女がいなければ、親の敷いたレールの上を歩いていたかもしれないのだ。言葉、態度には出さないが、康太は桜田に感謝の気持ちを抱いていた。

その感謝の思いが、いつしか違う方に向かっていた。こんな気持ちになるのは生まれて初めてだった。

康太は桜田に特別な感情を抱き始めていた。

現在　②

小学校時代の美希を思い返していた康太は、先頭を歩く国男の声で現実に引き戻された。

「気をつけろ。足、踏み外すなよ」

神獄山を登り始めて約一時間半が経っていた。この山が何メートルあり、現在どの辺りまで登ったのかは分からないが、頂上まではまだまだほど遠いだろう。ただ、第一段階は抜けたのではないか。なぜなら安全のために張られていたロープがなくなり、同時に、ずっと続いていた石の階段から、草木の生えた荒れた道に変わってしまったからだ。そのせいで一歩踏み外せば奈落《ならく》の底である。それだけではない。登るにつれ傾斜もきつくなっている。

頂上まではそう甘くないということだ。

もしかしたら今まで登ってきた道は、引き返す為の猶予を登山者に与えていたのかもしれない。だとしたらここからが山登りの本番である。

最初は声をかけ合って登っていた四人だが、いつしか全員が無言となり、息を乱していた。

汗の量も尋常じゃない。窮屈な恰好《かっこう》で登っているので尚更《なおさら》だ。せめて靴だけでもしっかりとした滑らない物に取り替えたいが、もちろんそんな願いは叶《かな》わない。

土に汚れながら、全身を使って一歩一歩確実に登っていく彼らの前に、急に大きな土の段が立ちふさがった。まるで壁のようだった。

「ここ気をつけろよ」

国男は注意を促し、木の枝に摑《つか》まってその壁を慎重に越える。次に英紀、康太と登る。だが、仁志は早くも体力の限界に近づいていた。木の枝に摑まり足を伸ばすが伸ばしきれない。力んでもなかなか上れないのだ。もともと体力のない仁志だ。こんな斜面を一時間以上も登り続けている。疲れるのも無理はなかった。

手こずっている仁志に三人は手を貸し、何とかこの場は乗り切った。しかし、壁を越えるだけで少々時間を要しているのでは先が心配だ。仁志だけではない。康太も、国男も英紀も疲れ切っている。ただ弱音を吐かないだけだ。それでも一人進んでいく国男に康太は声をかけた。

「国男」

険しい表情を浮かべながら国男は振り返った。

「どうした」

康太は、息を荒らげながら提案した。

「少し休憩しないか？　ずっと登りっぱなしなんだ」

しかし国男は賛成してくれなかった。

「何言ってるんだ。休んでいる場合かよ」

「でも」

康太は仁志と英紀に意見を求めた。

「二人は？　まだ大丈夫か？」

仁志は膝《ひざ》に手をついて疲れ切った声を洩《も》らした。

「僕は休みたい」

英紀も、康太の提案には賛成だった。

「まだまだ距離はあるし、休んだ方がいいかもしれないな」

その意見を聞き、突然国男が激怒した。

「何情けねえこと言ってんだテメエら。俺たちは早く頂上に行くんだよ！」

「焦るなよ国男」

康太が宥《なだ》めても国男の怒りはおさまらなかった。

「おい仁志、止まってんじゃねえよ。早く来い！」

仁志に命令する国男を見て不快に感じた英紀が、決して言ってはならないことを言ってしまった。

「おいおい。焦ったってよ、本当に加納がいるかなんて分からねえんだよ。そんなに気になるなら一人で行ってこいよ」

「何だとこの野郎」

国男は青筋を立てて英紀の胸ぐらを掴み、鬼のような目で睨《にら》み付ける。

「テメエ、本気で言ってるのか」

「ああ言ってるよ、殴りたいなら殴れよ」

一歩も引かない英紀は国男を挑発する。

くだらない喧嘩《けんか》をする二人に、康太は一喝した。

「いい加減にしろ。何してんだよこんな時に」

国男は舌打ちして、英紀から手を離した。

しかし、今度は英紀の怒りがおさまらなかった。

「元はといえば康太。こんなことになったのはお前のせいだぞ」

その言葉は槍《やり》の如く康太の胸にグサリと突き刺さった。康太は言葉を失った。

「英紀、お前言い過ぎだぞ」

国男にそう言われた英紀は、ふてくされた顔をしてこちらに背を向けた。

「別に」

四人の空気は悪くなる一方だった。こんな状態じゃ、登り切るのは無理である。

ずっと黙って見ていた仁志が悲しそうに言った。

「どうしたんだよみんな。昔はこんなんじゃなかったのに」

康太の脳裏に、再び過去が蘇《よみがえ》った。国男も英紀も、仲の良かったあの頃を思い出しているようだった。

「だよな、こんなの俺たちじゃねえよな」

国男がそう呟《つぶや》くと、仁志は俯《うつむ》きながら小さく頷《うなず》いた。

「そうだよ」

やっと冷静になった国男は携帯で時間を確かめ、みんなに言った。

「よし、康太の言う通り少し休憩しよう。焦っても仕方ないしな」

「うん」

返事をするのは仁志だけで、康太と英紀は無言のまま湿った大きな石の上に座った。

喧嘩はおさまったが、空気はぎくしゃくとしたままである。雰囲気が悪くなったのは自分のせいだと思ったのか国男は仁志に話しかけた。

「仁志、さっきは悪かった」

仁志は気にしていないというように首を横に振った。

「大丈夫。ありがとう」

国男は英紀にも詫《わ》びた。

「英紀、わりい」

ずっと黙っていた英紀だが、ようやく口を開いた。

「こっちこそ、悪かった」

反省する英紀は康太にも頭を下げた。

「康太、言い過ぎたよ。許してくれ」

やっと四人が一つになろうとしているのを感じた康太はホッとした顔を見せた。

「気にするなよ」

国男が急に手を真ん中に出し、

「久しぶりにやろうぜ」

と言った。

英紀と仁志は最初意味が分からないといった様子だったがすぐに思い出したようだ。二人とも懐かしそうに国男の手の甲に手を重ねた。康太が手を載せ四人が一つになると、国男は再び殺意に満ちた顔つきで頂上を見上げた。

「絶対に頂上に行って、加納を見つけだそうぜ」

過去　②

康太たちは、中学最後の夏を終え、秋を迎えていた。

成長期の康太たちはこの二年半で声変わりし、背も、体つきも随分と変化し、男らしくなっていた。小学時代は美希の方が大きかったのに、現在四人の中で一番背の低い仁志ですら美希とは五センチ以上差があるくらいだ。

美希の方はというと、背丈も髪形も小学時代とそんなに変わらないが、顔つきが大人っぽくなり、今では学校で一番可愛いと噂になっているくらいだ。

変わっていないのは、五人の結束だった。今でも、美希を守ってやろうという想いは強い。

中学に上がった当初は、違う小学校から来た生徒たちに理解してもらうのに少し時間がかかったが、今では康太たちの努力の甲斐《かい》あって、学年全員が美希の身体のことを理解している。

学校一喧嘩《けんか》の強い国男がいるので、イジメだってない。

ただ問題なのは、未《いま》だに美希の心臓がよくなっていないことだ。それどころか、月日が経つにつれ悪くなっている気がする。前は歩いているだけでは苦しそうではなかったのに、今では時折、心臓の上に手を当てて苦しそうな表情を見せる。美希は大丈夫というが、小学生の時とは違って今の四人には心臓病の知識もある。だから余計不安は大きい。しかし何もしてやれないのが現状であった。

三年一組で行われていた帰りのホームルームが終了した途端、違うクラスの国男が扉を開けて堂々と教室に入ってきた。その後ろには英紀と仁志もいる。康太と美希は三人に歩み寄り、五人は輪を作った。

「二学期早々、長《な》げえよお前らのホームルーム」

国男に文句を言われた康太は言い訳する。

「それは森野《もりの》に言ってくれよ。こっちだっていつもウンザリしてるんだから」

森野とは康太と美希の担任である。

「それより、三人ともどうしたの？」

美希が尋ねると、まず最初に国男が事情を話した。

「悪いな美希。今日は一緒に帰れねえんだ。父ちゃんが店手伝えってうるさくてよ」

次に英紀が両手を合わせた。

「俺も無理っぽいんだ。部活の試合が近いから遅くなりそうなんだよ」

英紀はなぜか、サッカー部に所属している。小学校の時は一切やっていなかったのに、とみんな馬鹿にしていたのだが、ぐんぐんと上達し、今ではレギュラーだ。もっとも、部員数は少ないし弱小チームのレギュラーであるが。

最後に仁志が言った。

「僕は塾で、これから行かなきゃいけないんだよ」

ここ最近、仁志は塾続きだ。二学期初日から大変そうである。

三人の事情を聞いた美希は呆《あき》れた顔をした。

「何？　それだけのことで来たの？　一緒に帰れない日なんてしょっちゅうじゃん。どうしたのよ今日に限って」

康太にはその理由が分かっている。ここ最近、美希の身体の調子がよくないから、みんな心配なのだ。もちろん、それは美希には言えない。

「だってよ」

答えに迷う国男が安心するように美希は言った。

「大丈夫だって。そんなに心配しないでよ」

康太がその後に続いた。

「そうだよ。俺が一緒に帰るから」

「そうか。じゃあ、頼むな」

康太は国男たちに心配するな、という表情を見せた。

「じゃあな美希。また明日《あした》な」

「うん。じゃあね」

国男たちは美希に手を振りながら教室を出ていった。

「全く。三人とも心配しすぎだよ。私は全然大丈夫なんだから」

と独り言を洩《も》らす美希に康太は言った。

「じゃあ、行こうか」

「そうだね」

二人が向かった先は、四階の美術室であった。二人は、中学に入ってすぐに美術部に入部した。実は康太自身は最初あまり興味がなかったのだが、美術部なら美希の心臓にも負担がかからないしと、一緒に入ろうと誘ったのだ。それから二年半、英紀のサッカーと同様、二人も随分と絵が上達した。賞をとったことはないが、それはまた別だ。楽しくやれればそれでいいと思っている。

美術室の扉を開けると、まだ誰もやってきてはいなかった。といっても、部員は四人である。残りの二人は一年生だ。顧問の教師も、やってくるのはいつも遅い。

誰もいない教室に二人きりになるともの凄《すご》くドキドキする。緊張を悟られないように、康太は奥の部屋に向かったが、その足取りも不自然だった。

「道具持ってくる」

早速絵を描く準備をする康太は、チラチラと美希を気にする。一瞬目が合ってしまい、康太はすぐに視線をそらした。全身が熱を帯びていた。

「ねえコウちゃん」

声をかけられた瞬間、心臓が飛び跳ねた。

「何？」

「今日はさ、お互いの顔描いてみない？」

「え？　マジで言ってんの？　恥ずかしくない？」

その言葉に美希はキョトンとする。

「どうして？」

「だってさ」

「だって何？」

答えに困る康太はごまかした。

「何でもない。いいよ。描いてみよう。どっちが似てるか勝負だ」

「じゃあ、負けた方がジュースね」

美希は相当自信があるようだ。正直、康太は勝てる気がしないが、賭《か》けをことわるなんて、そんな恰好《かっこう》悪いことできなかった。

「よ、よし。いいよ」

画用紙と筆と絵の具を用意した二人は近くで向き合う。どうしても意識してしまう康太は美希を直視できなかった。

「じゃあ、始め」

「おいおい、いきなりかよ」

美希はこちらを見ながらスラスラと描いていく。康太は恥ずかしくて絵どころではなく、ほとんど外の方に目をやっていた。この時突然、康太は季節の流れの早さを感じた。

気づけば中学最後の夏を終え、もう秋である。アッという間に五人で過ごした夏休みは終わり、早くも二学期に突入してしまった。まだ残暑は厳しいとはいえ、もうじき秋風が吹き、そうしたら駆け足で冬がやってくる。中学三年生の最大の難関は高校受験だ。康太は小学生のときに既に経験したが、四人は初めてだ。

まだまだ同じ時間を過ごしたいが、高校はさすがに全員が同じというわけにはいかない。

確実にバラバラになる。それでも五人の関係は変わらないだろうが、高校生になる前に美希には自分の気持ちを打ち明けたいと思っている。中学最後の年に同じクラスになれたのも運命だと思う。

ただ、長く一緒にいすぎたせいで、美希はこちらを『親友』としか思っていないようだ。それでも彼女を好きという気持ちはこの先も変わらないだろう。でも、告白なんて本当にできるのか。それで関係が壊れたりしないだろうか。正直、それが恐かった。


結局、似顔絵どころではなかった康太は美希に惨敗し、帰りにジュースを奢《おご》ることになってしまった。買い食いは禁止されているが、ジュースを飲みながら帰るというのが中学生の二人にとっては楽しい一時だった。

美希はまた一口飲み、真っ赤な夕日の方を見ながら呟《つぶや》いた。

「もう二学期か、早いね」

「アッという間に受験だよ」

「だよね。頑張らないと」

受験が終わればすぐに卒業だ。

小学時代同様、振り返るとこの三年間は本当に早かった。部活に勉強と、六年生の頃みたいにいつも一緒にいたわけではないが、学校内ではほぼ毎日、休日も極力集まるようにしていた。特に、同じ部活の美希とは多くの時間を過ごした。彼女が笑う度、喜びを感じていた。

でも数ヶ月後、高校に入ったら今と同じような時間は過ごせないだろう。

沈んだ顔を浮かべる康太に、美希は声をかけた。

「コウちゃん？　どうしたの？」

康太は無理に微笑《ほほえ》んだ。

「いや、何でもない」

美希は突然、

「あっ」

と声を上げ、ある提案をしてきた。

「ねえねえ、ヒデちゃんの試合近いんでしょ？　またみんなで観に行こうよ」

違うことを考えている康太は、空返事する。

「うん、そうだな」

「ねえちょっと聞いてる？」

康太は足を止め振り返った。そして美希を真っ直ぐに見つめ、尋ねた。

「やっぱり美希は、緑《みどり》高校に行くんだよな？」

緑高校は区内で三番目くらいの偏差値の学校だ。

「どうしたの？　急に」

「いや……」

その先が言えず、康太は再び美希に背を向け歩き出す。

「コウちゃんはすごいよね。西《にし》高校だもんね」

西高校は区内でトップだ。正直、緑高校とは大きな差がある。

もし今、俺も緑高校に行くと言ったら美希はどんな反応をするだろうか？

そう考えた途端、極度の緊張が康太の頭を真っ白にさせた。心臓の鼓動が激しすぎて、若干足がよろけた。

「あのさ美希」

康太は自分に落ち着けと言い聞かせた。

後ろで、缶の落ちる音がした。

振り返った康太は、思いも寄らぬ事態に一瞬混乱状態に陥った。美希が苦しそうに地面に崩れ落ちてしまっているのだ。

「美希！」

慌てて駆け寄る康太に、美希は右手を上げた。

「大丈夫。大丈夫だから」

　とは言うが、我慢しているのは明らかだった。

「何言ってんだよ、大丈夫じゃねえだろ！」

　ここ最近、あまり体調がよくなかったのは確かだが、少し休めば回復していたし、ましてや倒れるなんてことはなかった。

「救急車呼ぼう」

　康太がそう言うと、美希は無理に立ち上がった。

「大丈夫だって本当に。少し苦しくなっただけだって」

「とにかく薬飲め」

　薬、とは美希が常に持ち歩いている発作に効く錠剤である。康太は美希の鞄《かばん》を奪い、おぼつかない手つきで薬を探した。すぐに錠剤の入った袋を見つけ、それを美希に手渡した。

「俺コンビニで水買ってくるから。じっとしてろ」

「コウちゃん、これくらい平気だって」

　と美希は言うが身体は正直である。康太はふらつく美希の身体を支えた。

「やっぱり病院に行った方がいいよ」

　美希は何度も首を横に振った。そして、自宅が見えると美希は康太から離れ、振り返った。

「ごめんコウちゃん心配させて。でもほら、大丈夫でしょ？」

確かに今はしっかりと立っているし、笑みも見せてはいるが、我慢しているとしか思えない。

「今日のことは、みんなに内緒ね。絶対だよ。言うと、また心配するからさ」

口止めすると、美希は逃げるようにして帰っていった。

本当は力ずくでも病院に連れていくべきだったのではないかと、今更後悔する。

康太は、美希の背中を見つめながら思った。

もしかしたら、自分たちが考えているよりも美希の心臓はよくないのではないかと。

これまでずっと、『時間をかければ治る』という美希の母の言葉があったので安心はしていたが、それは本当なのだろうか。

彼女は自分たちに何かを隠しているのではないか？

康太は急に恐くなり、立っていることができずしゃがみ込んでしまった。

翌日の昼休み、康太は美希に気づかれぬよう屋上に三人を集めた。そして、昨日の出来事を全て話した。美希に黙っていろと言われたが、それはできなかった。一人で心配と不安を抱えるなんて耐えられなかったし、何よりみんなで何とかしてやりたかった。

康太の話を聞いた国男は動揺を隠せない様子だった。

「マジかよ」

「実際どうなんだよ美希は。大丈夫なのかな」

英紀の言葉に康太は首を振る。

「分からない。何も言ってくれなかったし。でも倒れるということは、相当悪いのかもしれない」

「病院へ連れていった方がよかったんじゃない？」

仁志にそう言われ、康太は自分の愚かさを痛感した。

「だよな」

「今の聞いて仁志はどう思うんだよ？」

英紀に尋ねられた仁志は困った表情を浮かべる。

「僕に聞かれたって全然分からないよ」

それから美希について考え込む四人は、しばらく無言の状態が続いた。沈黙を破ったのは国男だった。

「よし、今日の放課後、美希の病院に行って担当医に聞いてみよう」

国男の決意に、康太たちは緊張の色を隠せなかった。それは勇気のいることだった。しかし自分たちは彼女のために真実を知っておかなければならない。

「分かった。そうしよう」

英紀と仁志も不安を抱きながらも反対はせず、四人は病院へ行くことを決めた。

放課後、康太たちは美希が通っている国立総合病院に行き、待合室で美希の担当医が来るのを待った。

ただ担当医も忙しいらしく、行ってすぐに会うことはできず、我慢の時間が続く。内容が内容だけに、国男の苛立《いらだ》ちは募る一方である。

「落ちつけって国男」

康太が宥《なだ》めるが我慢できないというように国男は激しい貧乏ゆすりを続ける。

無理もない。待合室の椅子に座ってから早一時間半が経過しているのだ。

結局、担当医と会えたのは待合室に患者がいなくなってしばらく経ってからだった。時計の針は、六時半を示していた。

美希の担当医である長田《おさだ》は少し疲れた様子で部屋から姿を現し、こちらに軽く手を上げた。

四人は一斉に立ち上がった。

「久しぶりだね。すまない。長い間、待たせてしまって。今日は特に患者が多くてね」

長田と初めて会ったのは一年前くらいか。美希の付き添いで病院へ行ったときに軽く会った程度なので忘れられていると思ったが、どうやら憶《おぼ》えてくれていたようだ。

美希によれば長田は患者に優しく、非常に接しやすい、信頼できる医師だそうだ。

「いえ、こちらこそ突然すみません」

と康太が代表して頭を下げると、長田は診察室の方を手で示した。

「とりあえずここじゃなんだから、中に入って」

「はい」

四人は、緊張の面もちで長田の後ろをついていった。

診察室に通された四人は、看護師に用意された椅子に座り、長田の言葉を待った。

長田は軽い調子で尋ねてきた。

「今日はどうしたの？　美希ちゃんのことなんだろ？」

康太は頷《うなず》き、重い口を開いた。

「そうです」

「何かあった？」

康太の脳裏に、美希が倒れた姿がスッと過《よ》ぎった。

「実は昨日、美希が突然倒れてしまって」

康太は国男たちに話したように、長田にも昨日の内容を細かく説明した。

「美希は大丈夫って言うけど、心配で」

長田は神妙な面もちでうんうんと頷くだけで何も言ってくれない。康太は決意し、核心に触れた。

「先生、教えてください。美希はあまりよくないんですか？」

四人は、固唾《かたず》を呑《の》んで長田の答えを待つ。長田は大きく息を吐いて言った。

「実はね、君たちの話はお母さんからよく聞いていてね。美希ちゃんのために、色々頑張ってくれているそうじゃないか」

「ごまかさないでくれよ」

と苛立ちを露《あら》わにする国男に、長田は首を横に振った。

「ごまかすつもりはないよ。君たちも、真実を知った方がいいと思っている。ただ本来、ご家族以外には決して話してはいけないことなんだ。君たちを美希ちゃんの家族と思っているから話すんだよ」

何か含みのあるような言い方だった。

「どういう、ことですか？」

仁志が恐る恐る尋ねると、長田は美希の現在の状況について話し始めた。

「美希ちゃんの心臓機能は年々、低下している」

「ってことは」

早まる英紀に長田は手で制した。

「将来的に、手術をしなければならないだろう」

「手術？　だったら今すぐにやってあげてくれよ」

必死に頼む国男に、長田は残念そうな顔を見せた。

「すぐにはできない」

「どうして！」

興奮する国男に対し、長田はあくまで冷静だった。

「美希ちゃんの場合、普通の手術とは違う。心臓を移植しなきゃいけないんだ。つまり、美希ちゃんの身体に合うドナーを探さなければならない。恐らく、長い月日がかかるだろう。それだけじゃない」

「何です？」

康太が聞き返すと、長田は迷いながらも答えた。

「手術するには、莫大《ばくだい》なお金もかかるんだよ」

「お金、ですか」

「ああ。お金のことまで中学生の君たちにはあまり言いたくはなかったがね」

暗い雰囲気に包まれる中、仁志が長田に質問した。

「じゃあ、手術の準備が全て調えば、美希ちゃんは治るんですね？」

「治る。治してみせる。だから君たちもそんな暗い顔しないで、それまで美希ちゃんを応援してあげてくれ」

厳しい現実、そして美希の現在の状況を知った四人は、肩を落としながら夜道を歩いていた。

「心臓移植に、莫大な金か」

国男は、長田から言われたことを溜息《ためいき》交じりに繰り返した。

「やっぱり美希、俺たちに心配かけまいと黙ってたんだな」

康太はそれが悲しかった。彼女の気持ちも分からなくはないが、親友である自分たちにはどんなことであろうと包み隠さず打ち明けてほしかった。

「けどよ、ドナーが見つかれば美希は治るって先生も言ってたしよ、大丈夫だよな」

プラス思考で考えて自分を安心させようとする国男に、仁志が思わず不安を洩《も》らしてしまった。

「でも、もしドナーが見つからなかったら」

後ろから英紀が仁志の頭を叩《たた》いた。

「馬鹿。縁起でもねえこと言ってんじゃねえよ。絶対に大丈夫だって」

それから四人はしばらく無言のまま帰り道を歩いた。大通りの信号が赤から青に変わり、康太たちは俯《うつむ》きながら横断歩道を渡る。

「おい、あれ」

英紀が指で示したのは地元で安いと有名な大型スーパーだった。

「何だよ」

と聞き返す国男に、英紀はツンツンと指さした。

「ほらあれ。美希のお母さん」

「え？」

三人は、どこだどこだと良子を捜す。だが、良子の姿など見当たらない。

「レジにいるじゃんよ」

英紀は焦《じ》れったそうに言いながらもう一度指さした。

ようやく、康太たちの目にも良子の姿がとまった。良子は、忙しそうに品物をレジに通している。次から次へとやってくるお客を相手にする良子は、子供である康太たちの目にも、大変そうに映った。

「そっか。おばさん、昼も夜も働いてるんだもんね」

と仁志が呟《つぶや》いた。

康太はあることに気づいた。

「もしかしておばさんが昼も夜も働いてるのは、美希の手術費が必要だからじゃないのかな」

「なあ、手術費って一体どれくらいかかるんだ？」

国男の問いに仁志は、首を傾げながらも答えた。

「多分、そうだ。美希にはお父さんがいないから、生活費だって大変そうだし」

英紀も同じ意見であった。

「もしかしたら数百万ってお金が必要かもしれないよ」

その数字に国男は驚きの声を上げた。

「数百万！」

「分からないけどね」

「ってことは、せっかくドナーが見つかっても金が無ければ手術できないってことかよ」

国男のその言葉に、誰も返すことができなかった。

「ちくしょう、ふざけんなよ！」

憤る国男は地面に落ちている缶を蹴飛《けと》ばした。康太も、やるせない気持ちで一杯になった。

「結局、僕たちは何もしてあげられないんだね」

仁志の言う通りだと思った。自分の無力さに腹が立つ。康太は、拳《こぶし》を握りしめた。

「そんなことはねえ」

言ったのは国男だった。

「俺たちにもやれることはあるじゃねえか」

何か考えがあるのかと、三人は期待を抱く。

「やれることって？」

康太が聞くと、国男が胸を張って言った。

「俺たちも働けばいいんだよ。バイトしてよ、美希の手術費、稼ごうぜ」

それを聞いて英紀は呆《あき》れた顔をした。

「そんなの無理に決まってんじゃん」

仁志も同じ考えのようだ。

「そうだよ。僕たち中学生なんだよ？　働けるわけないでしょ」

ハナから無理と決めつける二人の頭を国男は強く叩いた。

「馬鹿、最初から諦《あきら》めてんじゃねえよ。本当に働けるかもしれねえんだよ」

康太は、その言葉に飛びついた。

「国男、それどういうこと？」

「ウチの父ちゃんの知り合いに新聞販売店の人がいるんだけどよ、もしかしたら雇ってもらえるかもしれねえぞ」

「本当か？」

「ああ。聞いてみるよ」

「でも、大丈夫かな。学校とかにバレたら」

情けないことを言う仁志の頭を国男はもう一度叩いた。

「お前、美希が手術できなくてもいいのかよ」

「それは、嫌だけど」

「けど？」

国男に迫られた仁志は、両手を上げながら後ずさった。

「分かったよ。やるよ。やりますよ」

「英紀は？　どう？」

康太に意見を求められた英紀は、異論はないというように、

「当たり前じゃん。やるよ」

と頷《うなず》いた。

「よし！　それでこそ男だ。早速、帰ったら父ちゃんに話してみる」

「頼んだよ。国男」

「任せとけって」

まさか自分たちが働くなんて考えてもいなかったが、それで美希が助かるのなら何でもする。真っ暗闇の道を彷徨《さまよ》っていた気分だったが、希望の光が宿り、康太は安堵《あんど》した。


一週間後、国男の父のコネで康太たちは、毎日一人ずつという条件で、早朝四時から六時までの二時間、働かせてもらえることになった。康太たちが任された範囲は、偶然にも自分たちが通っていた小学校周辺だった。とはいっても最初はそれぞれ地図を片手に自転車を漕《こ》ぎ、一軒一軒確認しながら新聞を配達していたのだが、各々五回目ごろにはコースと配達する家がしっかり頭にインプットされ、最初の頃が嘘のように、スムーズに作業を進ませることができるようになっていた。

四人は、生まれて初めての仕事に戸惑いながらも、一生懸命働いた。雨の日も風の日も、毎朝三時半に起き、六時まで仕事をして学校へ行く。それは他《ほか》の中学生にとっては辛《つら》いことなのかもしれないが、四人は苦痛は感じていなかった。むしろ、喜びを得ていた。初めての仕事が心底楽しかったし、これで美希の心臓がよくなると思えば、辛さなんて微塵《みじん》も感じなかった。ただ問題なのは、両親に気づかれることだった。家が厳しい康太と仁志は、家族が寝ているのを確認し家を出て、六時半に戻ってくる。帰ってきた時、何度か母にバレてしまったが、その度に康太はランニングと嘘をつき、危機を凌《しの》いでいた。家族も、さすがに中学生が新聞配達をしているなんて思いもよらなかったのだろう、疑ってもいないようだった。

そしてもう一人、四人がバイトをしているなんて知る由もない人物がいる。美希である。

康太たちは、給料日まで美希には黙っておいて、驚かせようとしていた。だから毎日が我慢の連続で、つい口を滑らしそうになったことも数多くあったが、何とか美希には気づかれずに四人はバイトの日々を送っていった。

そしてアッという間に一ヶ月が過ぎ、康太たちは給料日を迎えた。

この日出勤していたのは康太で、仕事を終え事務所に戻ると、国男の父親が紹介してくれた、責任者の黒田《くろだ》が待っていた。この黒田が、自分たちに仕事を一から教えてくれたのだ。礼儀や仕事面では厳しいが、面倒見が良く優しい人だ。

「お疲れ」

康太は首にかけていたタオルで汗を拭《ぬぐ》いながら挨拶《あいさつ》する。

「お疲れさまです」

黒田は、ニコニコしながらこちらにやってきて、茶封筒を見せてきた。

「お前たち、よく頑張ったじゃねえか。これは一ヶ月分の給料だ。本当に四人一緒でいいんだな？」

「はい」

「これからも頼むって、三人にも伝えてくれよ」

黒田はそう言って、茶封筒を康太に手渡した。給料を受け取った康太は、感激のあまりお礼も何も言えなかった。中には数枚のお札しか入っていないはずだが、ズシリと重みを感じた。改めて、お金を稼ぐ大変さを知った。

「おいおいどうした。固まってんじゃねえか」

「すみません、何か嬉《うれ》しくて」

「そりゃそうだろう。自分たちの力で稼いだ金だからな。大事に使えよ」

「はい。もちろんです」

康太は丁寧に封筒をポケットにしまい、

「じゃあ、お疲れさまでした」

と黒田や他の従業員に頭を下げ、事務所を出た。すると、まだ六時半だというのに外には国男たちが待っていた。

「みんな。どうしたんだよ」

康太が驚いた顔を見せると、国男は嫌らしい笑みを浮かべ、

「とぼけるなよ。給料もらったろ？　独り占めは許さねえぞ」

と冗談を言ってきた。

「何言ってんだよ。まだ中身も見てないよ」

「いくら入ってるかな？」

英紀は胸を躍らせて言う。

「ヒデちゃんが使うんじゃないんだよ」

仁志にそう言われた英紀は、

「分かってるよ！」

とうるさそうに返す。

「開けないまま、これをおばさんに渡そう」

康太の提案に、三人は賛成した。

「じゃあ早速、美希の家に行くか」

急ごうとする国男に、仁志が待ったをかける。

「でもまだ七時前だよ。迷惑だよ」

「大丈夫だって。早く渡してやりてえじゃねえか。なあ？　康太」

「ああ」

「よし決まりだ！　行こうぜ」

「知らないよ怒られても」

心配する仁志の頭を、国男は一発叩《たた》いた。

「うるせえ、行くんだよ」

「痛いな。ポンポン叩かないでよ」

仁志は頭を抱えながら情けない声で文句を言った。


午前七時、美希の家に着いた四人は、築数十年経っていると思われる古いアパートの一〇一号室の扉を叩いた。

中から良子の声が聞こえてきた。

「はい？　どなた？」

代表して、国男が答えた。

「おばさん分かる？　後藤だけど」

「後藤くん」

間もなく扉が開かれ、良子が顔を出してきた。恐らく、仕事に行く準備をしていたに違いない。

「あらみんな。どうしたのこんな時間に」

康太は、少し緊張しながら言った。

「今日はおばさんに、話があって」

「え、美希じゃなくて？　何かしら？　とりあえず、中に入って」

「お邪魔します」

六畳の質素な部屋には、布団をたたむ制服姿の美希がいた。

いきなりやってきた四人に美希は驚いた声を上げた。

「何やってんの」

「ちょっとおばさんに話があってさ」

康太が事情を話すと、美希は訳が分からないというように首を傾げた。

「話ってなに？」

しつこく聞いてくる美希に英紀は、

「まあまあ」

と両手を押し出す。

「何よ」

諦《あきら》めた美希は頬を膨らませながら布団をたたむ。

「立ってないで、座って」

良子に言われ、四人はガラステーブルの前に座る。

「それで、話って何かしら？」

四人は顔を見合わせ、誰が話すかを決める。結局いつものように康太に決まった。

「実は一ヶ月前、僕たち病院へ行ったんです。長田先生に会いに」

その瞬間、良子の顔から笑みが消えた。話を聞いていた美希の手も、ピタリと止まった。

「全て聞きました。今の美希の心臓の状態や、手術のことも」

良子は辛《つら》そうに、

「そう」

と俯《うつむ》いてしまった。

「それを聞いて最初は、僕たちは結局何もしてやれないって思ったけど、一つだけやれることがあるって気がついて」

「やれること？」

康太はそこで、先ほどもらった茶封筒を差し出した。

「余計なお世話かもしれないけど、受け取ってください。実は一ヶ月前から、僕たち新聞配達を始めたんです。結構な手術費や医療費がかかるって知って、少しでも役に立てればと思って、頑張りました。美希のために、使ってください」

二人は、四人が出した茶封筒を見て心底驚いた様子を見せる。

「本当に、戸部くんたちが？」

「はい。さっき、初めて給料をもらったんです。美希を驚かしたかったからずっと黙ってましたけど」

「みんな」

と美希が声を洩《も》らす。

「一ヶ月働いても少ないお金しか貰《もら》えないけど、使ってください」

放心したように、良子はまだ茶封筒を見つめている。

「おばさん？」

と国男が声をかけると、良子は深々と頭を下げてきた。

「本当にありがとう。そこまで美希のこと考えてくれて、おばさん凄《すご》く嬉しい」

その言葉に四人はホッとした。が、良子はすぐに茶封筒を押し返してきた。

「でもこれは受け取れない。みんなが汗水垂らして働いたお金、申し訳なくて使えないわ。だから四人で使って」

納得のいかない康太は、良子に自分たちの気持ちをもう一度伝えた。

「どうしてですか？　僕たちは美希のために働いたんです。どうしても美希には良くなってもらいたいから。それに、おばさんが毎日大変な思いをしているのを知ってるから」

四人の優しさに、良子は涙を堪《こら》えることができなかった。一粒の涙を、テーブルにこぼした。

「だから気にせず使ってください。これからも僕たち頑張りますから」

静かに泣く良子に、英紀が封筒を渡した。

「おばさん。中見てみてよ。まだ俺たち見てないからさ」

良子は無言で頷《うなず》き、震えながら封筒を丁寧に開ける。中を見た良子は、

「五万円も」

と声を洩らし、立ち上がってトイレに駆け込んだ。良子の泣き声は、部屋にまで響いてきた。

ずっと良子の後ろに立っていた美希は、信じられないというように五万円を手にする。

「本当に、私のために？」

国男は照れながら答えた。

「当たり前だろ。他の理由があるかよ」

「でも、こんな大金」

気にしすぎている美希に英紀は、

「本当はパーッと使っちゃいたいけどな」

と冗談を言ってこの場を和ます。

「だよね」

珍しく仁志が英紀の冗談に乗ると、雰囲気は明るくなった。

「まあ、そういうことだから。気にするなよ。そのかわり、美希も俺たちに全て打ち明けてくれよ」

康太の真剣な顔を見つめる美希は、

「みんな、ごめん」

と頭を下げ、五万円をもう一度手にし、心の底からお礼を言った。

「お金、ありがとう。本当にありがとう」

しんみりとした雰囲気を明るくさせようと、国男が威勢良く言った。

「よし、少し早いけど、学校行くか」

「うん！」

やっと美希の笑顔を見ることができ、康太はホッとした。

「よし行くぞ」

立ち上がった五人は、一人ずつ靴を履く。トイレから出てきた良子は目を真っ赤にしながら改めてお礼を言った。

「みんな、本当にありがとう。あのお金は、ありがたく使わせてもらいます」

それを聞き、康太たちは安心する。

「じゃあおばさん、行ってきます」

英紀が元気よく手を上げると、良子にも笑顔が戻った。

「行ってらっしゃい」

五人は青空の下、冗談を言いながら仲良く学校に向かった。康太は、また更に五人の絆《きずな》が深まったような、そんな気がした。


その後も康太たちは美希の手術費を稼ぐため、毎日毎日新聞販売店で働き続けた。

ただ、一日に一人しか出勤できないのと、労働時間が二時間と短いため、一ヶ月働いても五万円が限度だった。最初のうちはそれでもただがむしゃらに働き続けたのだが、これでは百万単位にはほど遠いということが分かってきた。そこでまた現実の厳しさを康太たちは痛感していた。

「今月いくらだよ」

給料袋を持つ英紀に国男は問う。英紀は袋の中身を見て渋い顔をした。

「四万弱ってとこかな」

その数字を聞いて、国男と仁志は溜息《ためいき》を吐いた。

「たったそれだけかよ。何だかんだ言ってもまだ十五万も稼いでねえじゃん」

新聞販売店で働き始めて三ヶ月が経っていた。康太たちは十一月分の給料をこの日、黒田から受け取った。給料をもらったのはこれで三度目だが、思ったよりも稼げていないのが現状で、それだけではなく、季節は冬に入り、受験勉強も始まった。美希のためとはいえ、寒い中働き続けている四人の身体は疲労を訴えだしていた。だからといって、バイトを辞めるわけにはいかない。辛い時こそ力を合わせなくてはならないのだが、所詮《しょせん》はまだ子供である。我慢の糸が切れようとしているのは仕方のないことだった。

「こんな額じゃたかがしれてるよな」

英紀は溜息交じりに弱音を吐いた。

「そうだね」

と仁志も項垂《うなだ》れる。

「もっと手っ取り早く稼げる方法はねえのかよ。これじゃあ、いつになっても美希の手術ができねえよ」

国男のこの一言に、康太は妙な不安をおぼえた。

「手っ取り早く稼ぐなんて、そんな甘い話あるかよ」

三人は返事はするものの、集中力が落ちているのは明らかで、特に国男は焦っているようだった。

校内にチャイムが鳴り、康太は英紀から給料袋を渡された。

「康太、美希に渡しといてくれ」

袋を受け取った康太は教室を出て、自分のクラスに戻る。そして美希に、コッソリ袋を手渡した。

「美希、今月分。絶対になくすなよ」

美希は、申し訳なさそうに給料を受け取った。

「無理しないでいいよ。みんな受験勉強だってあるんだから」

「何言ってんだよ。受験と美希の命と、どっちが大事だと思ってんだよ。俺たちは大丈夫。毎日バイトしてるわけじゃないし、何より早く美希には良くなってもらいたいんだ。高校に行ったら、俺はバイト量増やすからさ」

「でも」

「いいからいいから」

給料を押しつけると、美希は丁寧に袋を受け取った。

「ありがとう。私、絶対に病気治すから」

「ああ、当たり前だよ」

康太はそう言ったが、やはり内心では金のことを気にしていた。美希の心臓を治すにはもっと金がいる。とにかく金がほしかった。


十二月十五日、この日降りしきる雨の中バイトを終えた康太は一度自宅に戻り服を着替えて、いつもよりかなり早く学校へ向かった。そのため、校舎に着くまで一人だった。この日、美希と一緒に登校することになっているのは英紀だ。今日は今年一番の寒さになると天気予報では言っていたが、英紀がいるので何の心配もないだろう。

康太は一人窓から雨の景色を眺めていた。この日は風も強く、学校の木々が激しく揺れている。せっかく四時間目に体育があるのに、これでは中止確定だろう、とそんなつまらないことを考えていた。

しばらくして、ようやく他の生徒も教室にやってくる。

「戸部くん、おはよう。早いね」

女子に挨拶《あいさつ》され、康太は軽く手を上げる。

「たまに凄《すご》く早く来てる時あるけど、どうして？」

バイトしていて、帰ってくる時間が中途半端で、家にも居たくないので早く来ている、とは言えなかった。

「別に、何でもないよ」

その話題を打ち切ろうと、康太は窓に向き直った。

「康太」

振り返ると廊下に国男がいた。

彼の姿を見て、珍しいこともあるもんだなと思った。いつも遅刻ギリギリの国男がどうして今日は早く登校しているのだろうか。

「どうしたの？」

歩み寄ると、国男は何かに動揺しているようで、顔を伏せた。こんなおどおどしている国男は初めてだった。

「ちょっと、話があるんだ」

「何？」

「ここじゃダメだ」

「どうして」

「どうしてもだよ」

何を焦っているのだ。

「分かったよ。行くよ」

渋々了承すると、国男は教室を出て廊下をスタスタと歩いていく。彼の様子がおかしいのは明白であった。

「てゆうか、どこ行くんだよ」

階段を下りていく国男に尋ねても答えてくれない。

「何なんだよ」

三階から一階に下りた、直後だった。タイミング良く、今度は英紀と美希に声をかけられた。

「おう二人とも、どこ行くんだよ」

康太は両手を上げて、

「さあ」

と首を傾げる。

「国男に聞いてくれよ」

「なになに？　どうしたの？　内緒話？　あやしい」

事情を知らない美希は明るい調子で聞く。だが国男は答えようとはしない。注目を浴びる国男は、小さく舌打ちして、

「やっぱいいよ」

と三人から離れていった。

「おい待てよ国男」

英紀が呼び止めても、国男は振り向きもせず、どこかへ行ってしまった。

「どしたの？　あいつ」

康太も訳が分からなかった。が、このまま放っておいてよいものか。妙な胸騒ぎがするのである。国男は自分だけに話したい何かがあったのだ。それは重要なことだったのかもしれない。康太は、気になって仕方がなかった。

そうだ、後でこちらから国男の元に行って話を聞こう。康太はそう決め、一旦《いったん》教室に戻った。

しかし、国男は一時間目が始まる前に学校を早退した。康太は結局、国男と話ができない

まま帰宅することになった。

動きがあったのは、夜中の十二時だった。一本の電話が掛かってきたのである。

部屋で受験勉強をしていた康太は、ふとシャーペンを止めた。朝からずっと降っていた雨が更に強さを増したのだ。風も強まり、雨粒が窓にバチバチと当たっている。この時、康太は国男のことを思い出した。

ぼんやりとしていると、隣で勉強している弟から抑揚のない声をかけられた。

「気を抜いてるとまた受験失敗するよ」

そう言われた康太は無視した。弟は自分と違って私立中学に通っており、完全に兄を見下している。両親も今は弟に付きっきりだ。

冷たい血が流れているような弟を見ていると、リビングにいる母から呼ばれた。

「康太。電話よ。全くこんな遅くに」

康太は部屋を出て、ポツンと置かれた受話器を手に取った。

「もしもし」

電話に出ても、雨の音しか聞こえてこない。突然ブーッと機械の音がした。どうやら公衆電話のようだ。

「誰？」

数秒の間があき、ようやく声が聞こえてきた。

「俺だよ」

もちろんそれだけで誰だか分かった。国男である。

「国男。どうしたんだよこんな時間に」

突然の電話に康太は嫌な予感をおぼえた。今朝のこともあるので尚更《なおさら》だった。

「国男?」

そっと名を呼ぶと、国男は一言言った。

「今から学校へ来てくれ」

「学校?」

聞き返したが電話は一方的に切れてしまった。

電話の前に立ちつくす康太は、ソファでテレビを観ている母に嫌そうに言われた。

「こんな夜中に迷惑ね。どういう教育を受けているのかしら」

しかし今の康太の耳には母の言葉など入ってこない。不吉なものがせり上がってくるのである。

何だか急に恐くなった康太は、

「ちょっと行ってくる」

と言い残し家を出た。彼は冷雨の降りしきる中、駆け足で学校へ向かった。

誰もいない夜道に、康太の激しい息づかいと雨を弾《はじ》く音が交差する。暗闇の学校についた
康太は閉まっている門を乗り越え、校舎に走った。

「国男！　国男！」

入り口の辺りで彼の名を呼ぶが、国男の姿は現れない。

一体どうしたというのだ。不安は募る一方だった。

すると遠くから二つの足音が聞こえてきた。暗闇から現れたのは英紀と仁志だった。

「二人とも」

仲間に会えて少しはホッとするが、もちろん安心はしきれない。

「国男に呼ばれてさ、なんか普通じゃなかったから」

「僕も、嫌な予感がして」

「あいつ、今日ちょっとおかしかったじゃん？」

英紀に言われ、康太は頷《うなず》く。

「やっぱり何かあったんだよ」

不安はピークに達した。気が気ではない三人は、国男の名を呼びながら、校庭中を捜し回

る。

すると校門の方から影がやってきた。顔はまだはっきりとは見えないが国男に違いなかった。

「みんな」

その声は、安堵《あんど》したような、しかしどこか怯《おび》えているようにも聞こえた。

「国男」

三人は国男の元に急ぐ。康太はずぶ濡《ぬ》れの国男の肩を抱き、雨を避けられる場所に移動した。

国男の顔が灯《あか》りに照らされた瞬間、三人は愕然《がくぜん》となった。国男の表情は、何かに怯えきっている。顔色だって、異様なほど青ざめている。いつも強気な国男がこんな顔を見せるのは初めてだった。

「どうしたんだよ国男」

康太が聞くと、国男は全身を震わせながら言った。

「やべえよ俺」

康太は、国男の冷え切った両手を握りしめた。

「落ち着けよ、何がやばいんだよ」

康太は怒鳴るように言った。国男は康太の手を離し、ポケットから大量の札束を出したのだ。見る限り、百万、いや二百万以上はある。その札束に三人は心臓をぐっと握られたような気持ちになった。しばらく開いた口が塞《ふさ》がらなかった。

「どうしたんだよ、それ」

康太は声を振り絞った。国男は、札束を見つめながらポツポツと事情を話しだした。

「この前、四人で金の話をしたろ？　このままじゃ美希の手術代にはほど遠いって」

この時、康太の耳にあの日の国男の一言が掠《かす》めた。

『もっと手っ取り早く稼げる方法はねえのかよ』

「俺あの時思ったんだ。金をどっかから盗めば、美希は手術を受けられるって」

それを聞いた仁志は濡れた札束を見ながら後ずさった。

「まさかクニちゃん？」

国男は、誤解だというように首を振った。

「確かに人の家に入って盗むことも考えたけど無理だった。だから、家の通帳から全財産を引き出してきたんだ」

康太はそれを聞き胸を撫《な》で下ろした。もし盗みに入ったとしたら大変な事態となっていた。

ようやく朝の謎が解けた。国男は、それを自分に相談しようとしていたのだ。

「でも、こんな大金引き出したら、やばいんじゃないのか」

英紀に言われた国男は、

「そりゃやばいよ」

と少し声が震えた。

「どうしてここまでするんだよ」

康太は聞いた。国男は札束を見つめ、感情のない声で言った。

「だから言ったろ。美希のためだって。この際言うけど俺は、美希のことが好きなんだよ。親友としてじゃないよ。だからどうしても助けたいんだ」

国男の宣言は、康太の胸を突き抜いた。親友が恋の最大のライバルとなった瞬間であった。しかも自分より国男の方がその想いは強いような気がした。騒動になるのは承知で、美希のためにこんな大金を引き出してきたのだ。

康太は自分でも頭が混乱しているのが分かった。金の件を解決しなければならないと分かっていながら、恋の行方を考えているのである。

「でもこんなことしたら、クニちゃん家を追い出されちゃうよ」

仁志は叫んだ。

「そうかもな」

と国男は人ごとのように言った。

「もう家にはいられないよな」

康太は弾かれたように顔を上げた。国男は尚も札束を見つめているが、この先のことを考えているような目なのである。

康太は国男の肩を強く摑《つか》んだ。

「何言ってんだよ。謝りに行こうよ。きっとおじさんだって許してくれるから」

国男は薄く笑った。

「馬鹿言え。そしたら金はどうなるんだよ。金がなくなれば美希は手術受けられないんだぞ」

今度は国男が康太の手を力強く握りしめた。

「俺なら大丈夫だよ。心配するな。お前らは、美希のことだけ考えてればいいんだよ」

仁志が国男に一歩近づいた。国男が自分たちの元から離れていくような悪い予感がしたからであろう。

「クニちゃん、変なこと考えないでよ」

国男は仁志の顔を見て口元を緩めた。

「そんな恐い顔すんなよ。寂しいけどよ、美希が手術できるなら、俺はいいよ。それでいいよ」

「おい、どういう意味だよ」

英紀が詰め寄る。

「何だよみんな暗い顔してよ。俺は大丈夫だって。心配すんな」

国男は、束から数十万円を抜きとり、康太に残りのお金を渡してきた。康太はそれを拒んだが、強引に握らされた。

「親父に何か言われても、知らないで通せよ。この金を美希のお母さんに渡すんだ。いいな」

康太は札束を強く握りしめた。

「そんなこと、できるかよ」

「簡単じゃねえか」

と国男は言って、三人に軽く手を上げた。

「お前ら、美希のこと頼んだぞ」

国男はグラウンドに飛び出していった。そして最後に、辛《つら》そうに言ったのだ。

「美希に、じゃあなって言っておいてくれ」

国男は暗闇に消えていった。結局彼は行き先も何も言わなかった。

残された三人はしばらくの間、放心状態に陥っていた。どうして追いかけなかったのか、自分でもよく分からない。

おそらく、これが現実だと思えなかったからだ。

しかし、いつまで経っても夢から覚めることはなく、国男も戻ってきてはくれなかった。ようやく現実を受け入れた時、康太の右手から微《かす》かに濡れた札束が落ちた。

嘘みたいだった。小学校一年生の頃から一緒にいた仲間がいなくなるなんて、信じたくなかった。三人は一晩中国男を待ったが、彼は帰ってきてはくれなかった。


翌日の朝を迎えた。昨晩の大雨が嘘みたいに、この日の朝は綺麗《きれい》に晴れ渡っていた。

康太は気づけば自宅に戻っていた。あれから三人がどうやって別れたのか、混乱していたせいかよく憶《おぼ》えていない。ただ一つだけ頭に残っているのは、地面に落ちた札束を三人でかき集めたことだ。

その札束は今、学校の鞄の中に入っている。あれから八時間近く経っているが、未《いま》だ頭の整理ができない。しかし、国男が家から大金を盗み出したのは事実だ。今どこにいるのか見当がつかない。本当に家を出てしまったのであろうか。もしかしたらひょっこりと帰ったのではないかと期待しているが、連絡がないだけに不安である。

まさかあの後、事故にでも遭ったのではないか。そのような悪い考えばかりが浮かんでくる。とにかく今は、国男からの連絡、もしくは帰ってきてくれるのを待つしかない。

薄暗い部屋で立ちつくす康太はハッとなった。時刻はとっくに八時を過ぎていた。今日は学校を休もうかとも考えたが、一人で部屋にいるのも、心配が募るばかりである。

康太は、札束の入った鞄を胸に抱きかかえた。


いつも早くに登校する彼が教室にいなかったので心配したのか、校舎の入り口に美希が立っていた。彼女の姿を見て、康太は思わず足を止めてしまった。

「コウちゃん、おはよう」

何も知らない美希は笑顔である。

「おはよう」

康太は心苦しくて、彼女の顔を見られなかった。

「どうしたの。顔色悪いよ。ヒデちゃんもヒトちゃんも様子が変だったけど、何かあった？」

康太はただ一言、

「別に」

とだけ言って、美希から逃げるようにして階段を上った。

「コウちゃん」

後ろから声をかけられたが、康太は振り向くことができなかった。この時だけじゃない。それから何度も話しかけられたが、康太は美希を避けた。今日だけは、美希と同じクラスなのが辛かった。できれば事実を話したくない。でもずっと隠しているわけにはいかなかった。

三人は放課後、美希を屋上に呼びだした。


美希は既に、国男に何かあったんじゃないかと勘づいている。

「どうしたのよ。クニちゃんのことで何かあったんでしょ？」

と一言目で国男について聞いてきた。

康太は英紀、仁志と顔を見合わせ、頷《うなず》いた。

「ねえ、どうしたの？」

不安そうな美希に、康太はどう話そうか迷った。

「実は昨日の夜さ」

いや待てと、康太は自分にストップをかけた。いくら口で言ったたって、信じられるわけがない。康太は、手に持っている鞄のファスナーを開けた。

「いきなりで驚くかもしれないけど」

言って、康太は鞄の中から大量の一万円札を取りだし、それを美希に見せた。瞬間、美希は目をギョッとさせ、口に手を当て、

「どうしたの、そんな大金」

と問うてきた。驚きよりも、怖さを感じているようだった。当たり前である。いきなり札束が出てきたら誰だって不審に思うし恐い。

「国男の奴、家の通帳からこの金を盗んできたんだ」

美希は激しく動揺した。

「嘘でしょ？　どうしてそんなこと」

「美希のためだよ。新聞屋のバイトじゃ全然稼げないから、思いついたって」

美希はその事実にショックを受けているようだった。

「私の、ために」

「でも美希のせいじゃない。あいつ、これで美希が手術できるって、喜んでたよ」

「ねえちょっと待ってよ」

康太の語尾が過去形だったことに彼女は敏感に反応した。康太は問い詰められる前に言った。

「もしかしたら、国男はもう横浜にはいないかもしれない。どこか遠くへ行ったかも」

美希の口元が震えた。

「どうして」

「こんな大金を盗んで、もう家には帰れないって。帰ったら金を戻さないといけないだろって」

「そんな」

美希はその場にしゃがみ込んでしまった。強い責任を感じているようであった。

「大丈夫か？」

美希は康太に責めるように言った。

「どうして止めなかったの！　どうしてクニちゃんを行かせたの！　そのお金、返せば済むことじゃない」

「俺も言ったよ。でも、それじゃあ美希が手術できないって」

「それでも止められたでしょ！」

「ごめん」

康太は謝るしかなかった。

「国男はそこまで美希のこと心配してたんだよ」

と英紀は言った。国男の美希に対する真の気持ちまで言うのではないかと、こんな時にもかかわらず康太はハラハラした。

「本当に、クニちゃんどこか行っちゃったの？」

美希はもう涙声であった。

「分からない。でも、家には帰れないって」

そんなの認めないというように美希は立ち上がり、

「捜しに行こう。クニちゃんを」

と三人に呼びかけた。

英紀が迷った態度を見せた。

「でも、捜すって言ったってさ」

「クニちゃんの家に行けば、何か分かるかも」

「もちろん行こうとは思っていたけど」

康太はその先を言いかけてやめた。

家にいる可能性はまずないだろう。一緒に暮らしている父親も、国男の居場所を知るはずがない。彼の家に電話できなかったのは、国男の父親に事情を話しづらかったからである。

「行ってみよう。みんな」

美希はもう一度言った。康太はしばらく考え了承した。

大金を常に持ち歩くというのは非常に心地悪いものである。四人はビクビクしながら歩いた。どこかで誰かが見ているのではないか、狙われているのではないかと、気持ちが休まる時がなかった。

学校を出てから終始無言の四人は、慣れ親しんだ道を歩いていく。小学生の時によく遊んだ公園を越え、文具店を右に折れ、更に進んでいく。あとは真っ直ぐ歩けば後藤青果店が見えてくる。

康太たち三人は思わず足を止めた。店先に国男の父親が立っていたからである。金が全額引き出されたことに気づいていないのか、客相手に愛想良く声をかけていた。

「おじさん」

美希が声をかけると国男の父、政男《まさお》はパッと目を見開いた。

「おう美希ちゃん」

政男は彼女に会えて嬉《うれ》しそうであった。しかし三人に対しては声の調子が変わった。美希に見せた笑みも消えた。

「お前らも一緒か」

やはり後藤家では騒動になったようだ。三人は政男と目を合わせられなかった。

「やっぱりお前ら何か知ってるようだな」

三人は押し黙ったままであった。政男は舌打ちした。

「あのバカ野郎、家の金に手ぇ出しやがった」

不機嫌な政男に、美希は頭を下げた。

「ごめんなさいおじさん。私のせいなの。クニちゃん、私の手術費のために」

政男は意外そうな顔をした。

「何だって？」

「私の心臓が悪いのはおじさんも知ってるでしょ？　でも手術するには大金が必要だってクニちゃん知っていて、だから」

それを聞いた政男は複雑な表情を浮かべた。

「そうか、そうだったのか」

「クニちゃんから預かったお金はこのバッグの中にあります」

政男は、まいったなというように頭を掻《か》いた。美希を助けたい気持ちは勿論《もちろん》だが、金が無くなれば生活に困るのも事実である。

「すまない美希ちゃん。その金は返してくれ。家には寝たきりのじいさんがいるだろ？　その金がないと何かと困るんだ」

「勿論です。迷惑かけてすみませんでした」

深く頭を下げた美希は間を置かずに聞いた。

「それよりおじさん、クニちゃんは今どこにいるの？」

政男は残念そうに首を振った。

「わからねえんだ。一切連絡がねえ。何やってんだアイツは」

「行きそうな場所とかないんですか？」

康太の質問にも、政男は同じ仕草を見せた。「田舎に連絡したんだが、国男は行ってないって」

美希は絶望の淵《ふち》に立たされたかの如く、青い顔となった。

政男は四人を安心させようと、

「大丈夫。すぐに帰ってくるさ。心配するな」と言葉をかけた。

政男の言う通り、国男はきっとすぐに帰ってきてくれる。四人はそう信じた。

しかし、康太たちの願いとは裏腹に、一週間、二週間、一ヶ月が過ぎても国男は帰ってくるどころか、連絡すらしてこなかった。

国男はどこかで美希の心臓が治ることを信じている。そう思うとやるせなかった。

国男はまだ中学生だ。一人で生きていく力があるとは思えない。最悪、何らかの事件に巻き込まれている可能性だってあった。康太たちの心配は膨らんでいく一方だった。

二ヶ月が過ぎ、四人は高校受験を迎えた。皆、無事に志望校に合格することはできたのだが、国男のことで頭が一杯で、心の底から喜ぶことができなかった。全員違う学校に行くことになってしまったが、五人で喜びを分かち合いたかった。そして残りの数日間、最高の想い出を作りたかった。しかし、結局国男のいないまま四人は卒業式を迎えた。五人で卒業できるのが当たり前だと思っていたのだが。

この三ヶ月間、一番責任を感じていたのは美希だった。自分のせいで国男がいなくなったのだと思い込んでいる。そんな彼女が可哀想で、見ているのが辛《つら》かった。同時に、その重い責任感が心臓に負担をかけているのではないかと、康太は気が気ではなかった。

英紀も仁志も、あれからずっと元気がなかった。皆、改めて国男の存在の大きさに気づいたと康太は思う。

この想いを国男に届けたい。

頼むから帰ってきてほしい。一緒に卒業しよう。

しかしいくら願っても国男は最後の最後まで姿を現さず、四人は暗い雰囲気のまま卒業式を終えた。

そして数日後、康太たちはそれぞれ違う高校に入学した。どこを見渡しても、知らない人間ばかりである。別世界に立っているようであった。康太はこの時、五人が初めてバラバラになったのを実感したのだった。

現在　③

バラバラになっていた心がようやく一つになった四人は、声をかけ合い、お互い手や肩を貸しながら、必死に頂上を目指した。

山道にはレベルがあるようで、進めば進むほど険しくなっていく。所々に岩が積み重ねられており、ちょっとした震動で上から転がってくるのではないかという恐怖が頭を過《よ》ぎる。

もっと恐ろしいのは、先ほどよりも歩幅が狭くなっていることだ。気を抜いた瞬間、奈落《ならく》の底に真っ逆さまだ。皆、神経を集中させながら一歩一歩、慎重に前へ進んでいく。

すると今度は、登山者の行く手を阻むかのような、垂れた草木が康太たちの前に立ちふさがった。平地なら難なく進むことができるだろうが、急斜面を歩くだけでも大変なのに、草木をかき分けながら進むのはかなり危険である。先頭にいる国男は思わず立ち止まり荒い息を整えた。康太は、バスの運転手の言葉を思い出していた。

「そう簡単に神からの許しは得られない」

知らず識《し》らずのうちに呟《つぶや》いていた。

「何か言ったか？」

二番目を歩く英紀にはよく聞こえなかったようだが、すぐ前にいる仁志にはハッキリと届いていたようだ。

「僕たちのこと？」

康太は頷《うなず》いた。

「ああ。俺たちはまだ、罪を償っていない」

「分かってる。でもな康太、罪を償う前に、俺たちにはやらなきゃいけねえことがあるだろ」

国男は言った。康太の頭に浮かんでいる加納静香が赤く染まった。彼はもう一度想像で女を殺した。

「ああ」

康太の目が底光りした。

「とにかくこの難関を突破しようぜ」

国男はそう言って、草木をかき分けながらゆっくりゆっくり進んでいく。後ろにいる英紀が、その後に続く。二人の姿は、草木によって消された。ガサガサと音だけが聞こえてくる。

今度は仁志の番である。

「仁志、大丈夫か」

「多分ね」

とは言うが、自信はなさそうだ。

仁志は、一つ深呼吸してから立ちはだかる草木に挑んだ。康太は心配そうに仁志の後ろ姿を見つめる。

仁志が危機に陥ったのはその直後だった。両手を奪われているのでバランスを失ったのだろう。仁志は草木に押し返されたかのように尻餅《しりもち》をつき、ズルズルと滑り落ちた。

康太は慌てて仁志の全身を止め、何とか起きあがらせる。

「大丈夫か？」

腰の辺りをかなり痛がっているが、怪我はしていないようだった。

「ごめん、何とか」

「おい、どうした」

草木の向こうから国男の声が聞こえてきた。仁志は二人を心配させぬよう、声を振り絞った。

泣いていたし、正直頼りないところもあった。


「大丈夫、すぐ行くから」

康太はこの時、仁志も随分と男らしくなったと思った。昔はちょっとしたことでもすぐに泣いていたし、正直頼りないところもあった。

仁志は改めて気合いを入れ、草木の中を進んでいった。今度は無事通過できたようで、それを確認した康太も進んでいく。両手の自由が利かず、視界も遮られるのでかなり危険な場所であったが、康太も何とか無事突破できた。

「行けそうか？　二人とも」

国男は二人を気遣い声をかける。康太も仁志も疲れた表情を見せながらも弱音は吐かなかった。

再び四人は険しい道を少しずつ登り、上を目指していく。息を乱し、汗を拭《ぬぐ》い、全身を使って山道を進む康太は、先ほどの英紀の言葉を思い出していた。

本当に加納静香は頂上にいるのか。

決して弱気になったわけではない。しかし、男でも辛《つら》いこの山道を、加納は登ってこられたのか。こんな山道、普通の女性なら断念するはずだが。

やはりあの手紙は嘘なのではないかと疑念を抱いてしまう。

康太の心が疑いの方向に揺らいだ時、先頭にいる国男が安堵《あんど》の口調になった。

「みんな、四合目って書いてあるぞ」

それを聞き、三人の歩調が自然と速くなった。

休憩ポイントだろうか、今までの急斜面が嘘のように、なだらかな道が続いている。その途中に『四合目』と書かれた小さな柱が立っているのだ。

四人は一旦《いったん》立ち止まり、広い景色に視線を移す。しかし天候が悪化してきているのか、霧が出始めている。そのせいで視界が邪魔され、遠くの山々までは見渡せない。

それと、先程からずっと聞こえていただろうか。どこからかは分からないが、微《かす》かに滝の流れる音がする。水の音に気づいた途端、身体が水分補給を訴え始めた。

そしてもう一つ気づいたのは、向こう側の山よりは遥《はる》か上に自分たちが立っていたことだ。この山の頂上はまだまだ先だろうが、彼らは確実にこの距離を登ってきた。

「あと少しで半分か」

と言って国男は再び歩き始めた。三人も後ろをついていく。

しばらく平坦《へいたん》な道を歩いていると、四人の前に『二つの白い柱』が現れた。その柱に書かれていたのは、予測すらしていなかった、四人を惑わす文字であった。

一方には、『南面コース』と書かれており、もう一方には『北面コース』とある。要するに、二つの道に分かれていたのだ。まさか途中で道が分かれているなど考えてもいなかった四人は困惑し立ち止まった。が、すぐに康太の目にあるモノが飛び込んできた。それは左方向、『北面コース』と書かれた柱に巻かれてある、ピンク色ベースに赤色が混じったハンカチだ。それを見た瞬間、康太はハッとなりハンカチの巻かれた柱に歩みを進めた。そしてそれを手に取った。

一枚のハンカチに過剰反応する康太に国男は怪訝《けげん》そうに声をかけた。

「どうした康太」

ピンクのハンカチを見つめる康太は確信した。

「間違いない」

「何がだよ」

聞き返してきた英紀に康太は言った。

「これは加納静香のハンカチだ」

それを聞いた途端、国男の表情が険しくなった。

「本当か」

「ああ。間違いない」

確かにそうだ。頭の片隅に、このハンカチが残っていた。

国男は康太からハンカチを奪い取り、握りしめた。

「こっちへ進めばいいんだな」

「でもちょっと待って」

仁志はあくまで冷静だった。

「本当にこっちでいいの？」

意味深な発言をする仁志を国男は睨《にら》んだ。

「何がいいたい」

「だって、あまりにもワザとらしいと思わない？」

疑う仁志に康太は言い聞かせた。

「確かにその気持ちは分かる。でもどっちにしろ、俺たちは右か左かなんて分からない。だったらこのハンカチが示している方向へ進もう」

確かに、と仁志は了解した。英紀も納得したようだ。

皆の意見が一致したところで、国男はハンカチをその場に投げ捨てた。あの女の所有物など持っていたくもない、といった動作だった。四人は左方向に歩みを進める。今まで通り一番後ろを歩く康太はふと足を止め、捨てられたハンカチを振り返った。

これで疑いの気持ちは完全に消えた。加納静香はこの山にいる。いるはずである。

先頭にいる国男もそれを確信したようで、未《いま》だに続いている平坦な道を足早に進んでいく。

しかし、四人の急ぐ気持ちとは裏腹に、早速、北面コースの最初の関門が四人の前に立ちふさがった。

康太たちは、前方の風景に絶句した。

道が切れて無くなっている。

一瞬、そう見えたのだ。

数十メートル先は断崖《だんがい》絶壁。行き止まりだ。当然、進めるわけがない。

しかしよく見ると、平均台くらいの幅の足場があり、辛うじて渡ることはできるのだ。が、壁に張りついて移動することになる。無論、命綱などない。落ちれば死が待っている。康太は目の前の光景に気圧《けお》された。

「こんなのありかよ」

さすがの国男も怖《お》じ気づいた。

「どうする？」

英紀は三人に言った。康太は考える間もなく答えた。

「当たり前だろ。行くしかない」

「本気で言ってるの？」

仁志はブルッと肩を震わせた。

「大丈夫だ。怖がるな」

と康太は言ったが内心では恐れていた。

四人は意を決して断崖絶壁の方へ進んでいく。そして国男が身体を壁に張りつかせ、蟹《かに》のように横歩きで進んでいく。

「気をつけろよ」

と英紀がかすれた声を出した、その刹那《せつな》である。強風が吹き、国男の身体が微かに揺れた。見ている三人の心臓が跳ねた。国男はピタリと動きを止め、壁に抱きつくように胸を張りつけた。

何とか大丈夫なようだが、康太は今にも膝《ひざ》が折れそうであった。

次に英紀が横向きの体勢になり、慎重に一歩、また一歩と足を動かしていく。しばらく二人の様子を見守っていた仁志は、自分から進んでいった。そして、身体を震わせながら壁に張りつき、蟹歩きで二人についていく。康太も間隔を置いて断崖絶壁に挑んだ。

壁に顔をつけた瞬間ヒヤリと冷たさを感じ、それだけで心臓がドキリと跳ね上がった。

全身が平坦な道から離れた瞬間、額や背中から一気に脂汗が噴き出る。心臓も、口から飛び出そうなほど暴れ出す。下を見ると、急所が縮み上がった。

「ねえコウちゃん」

今にも泣き出しそうな声を洩《も》らす仁志に、康太は声を震わせながら、

「喋《しゃべ》るな」

と叱咤《しった》する。

進む度、土や砂利がポロポロと落ちていく。足場が崩れて自分が真っ逆さまに落ちる想像を浮かべてしまった康太は、体内の血が一気に冷えた。

再び強風が吹き、四人は一斉に足を止め、風が止《や》むのを待った。もろに冷風に晒《さら》されている顔や両手は、感覚を失いかけていた。

「仁志、絶対に下見るなよ」

顔を真横にして歩く仁志はゴクリと喉《のど》を鳴らした。

「分かってる」

しかし逆に意識して下を見てしまった仁志は、ヒッと小さな悲鳴を洩らし足を止めてしまった。

「いいか仁志。余計なこと考えるな。絶対に、大丈夫だから」

と途切れ途切れに言い聞かせた。

仁志と目が合い、康太は電池が切れかけたロボットのように、ガクガクと親指を立てた。

仁志はそれを見て少し安心したようだった。

先程まで喧嘩《けんか》していた前の二人も、康太と仁志同様、お互いを励まし合っているようだった。

四人は、足下に注意を払いながら、お互い声をかけ合って、少しでも風が吹けば止まり、呼吸を合わせて、遅々とではあるが、慎重に進んでいった。

そんな緊迫した状況が、約五百メートルほど続いただろうか。先頭にいる国男の声が届いた。

「もう少しだぞ」

それを聞き、康太は安堵《あんど》の息を吐く。が、最後まで気を抜かず、ゆっくりゆっくり、先を目指した。

「よし、手を貸せ」

最初に断崖絶壁から抜けた国男が、英紀、仁志を引っぱり入れる。康太も国男に手を伸ばし、何とか危機から脱することができた。全員が無事、平坦《へいたん》な地に辿《たど》り着くと、四人は一斉にその場に屈《かが》んだ。

「一時は死ぬかと思ったぜ」

と国男が溜息《ためいき》を吐く。

「この山、シャレになんねえよ」

英紀は軽い放心状態に陥っている。仁志は、腰を抜かしてしまったかのように、なかなか立ち上がることができない。

四人は、この先の道にひっぱられるように視線を向けた。

再び道は急斜面である。簡単に頂上へ来させるかと、山の神が言っているようだった。

これ以上、何もなければいいのだがと康太は懸念する。

「少し休んだら行こうぜ」

恐いものなしの国男も、不安を隠しきれていない。

偶然か、急に空が曇りだした。

過去 ③

康太たちが高校生になって半年が経《た》った。入学してしばらくは皆、他校からきた生徒たちとうまく馴染《なじ》めず、慣れない環境に戸惑ったが、今はそれぞれ多くの友達を持ち、授業もついていけている。今のところは、何事もない平和な高校生活を送っている。といってもそれはあくまで学校での話だ。康太たちが抱えている問題は一つも解決されていなかった。

康太は慣れた手つきで商品をレジに通していく。

「お会計、八百五十九円になります」

客から千円を受け取った康太は素早く小銭を取り、客に釣りを渡した。

「ありがとうございました」

笑顔で一礼して、康太はすぐに次の客の商品を手に取った。

この時点で約束の七時は過ぎていた。それでも康太は笑顔を絶やさないが、内心は焦っていた。今日は特別な日なのである。

高校に入ったと同時に康太は新聞配達を辞め、コンビニでバイトを始めた。時給は安いが入れる日数も多いし、勤務時間も長いので中学時代よりは稼ぐことができている。無論、働く理由はただ一つ。美希の手術費のためだ。毎月の給料は安いが、コツコツと働いてきた甲斐《か》あって、随分と貯《た》まってきたのではないか。それより問題なのは、未《いま》だ美希の手術の準備が調っていないことだ。美希の身体に合ったドナーがなかなか見つからないらしいのだ。ここ最近は美希の身体が落ち着いているので前みたいに倒れることまではないが、担当医の長田が言っていたように、心臓機能が年々低下しているのだとしたら、いつか限界がくるということだろう。苦しそうな顔を見せても、美希は笑顔で大丈夫と言うが、無理をしているのは明らかだ。あれから何度か長田の元に行ったが、長田は心配ないと言うだけで、それが事実なのかも疑わしく思えてしまう。康太の我慢はもう限界に近かった。

更衣室で学校の制服に着替えた康太はタイムカードを押し、コンビニを飛び出した。そしてそのまま駆け足で美希の家に向かった。コンビニは自宅から少し離れた場所にあるので、当然美希の家からも離れている。二十分以上走り続けて、ようやく彼女の家に到着することができた。

息を荒らげ、汗をダラダラと流しながら扉を叩《たた》くと、美希が玄関から顔を覗《のぞ》かせてきた。彼女は頬を膨らませ、細目でこちらを見据えている。怒った表情を見せる美希に康太は弱った顔をする。

「ごめん。バイトが長引いちゃってさ」

謝ると美希は笑顔で応《こた》えてくれた。

「お疲れさま。大変だったね。さあ入って。二人とも待ってるよ」

靴を脱ぎ部屋に入ると、二人から文句が飛んできた。

「おせえよ康太」

「そうだよ。待ちくたびれちゃったよ」

康太は手を合わせて二人に詫《わ》びた。

「わりいわりい。なかなか終わらせられなくてさ」

康太が何のためにバイトしているかくらい二人だって当然分かっているので、本気で責めているわけじゃない。

「じゃあ、早速始めようぜ」

英紀が合図すると、仁志は白い箱から苺《いちご》のホールケーキを取りだし、それをテーブルの中央に置き、小さなロウソクを十六本立てていく。その光景を、美希は嬉《うれ》しそうに見つめていた。康太も美希の表情を見て温かい気持ちになった。

今日は美希の十六歳の誕生日だ。毎年恒例のこの行事を、康太は今年特に楽しみにしていた。今は学校が違うので、小中学生の時みたいに頻繁に顔を合わせることができない。でも今日みたいに行事があればみんなで集まれる。

しかし、大事なこの日がやってきても『全員』は集まっていない。康太たちが抱えている二つ目の問題は、国男のことだ。国男が姿を消して約十ヶ月が経った。未だ情報は皆無だ。

どうして連絡すらしてきてくれないのか。四人とも国男がどこかで元気に暮らしているのを信じているので今は気長に待つことにしているが、やはり彼が居ないとどこか乗り切れない。いつになったら五人が揃《そろ》うのだろうか。

「仁志、早速ロウソクに火つけろ」

常に国男のことが胸にあるが、今日は明るく努めた。

仁志は百円ライターでロウソクに火をつけていく。十六本に火が灯《とも》ったところで英紀が部屋の灯《あか》りを消した。その瞬間、中央のロウソクの明かりが周囲をうっすらと照らし、四人の顔は赤く光った。ただのロウソクの火なのに、とても綺麗《きれい》な光に感じる。

「じゃあ、まずはハッピーバースデイ歌うか」

と英紀が照れくさそうに言った。彼の声の演奏に合わせて、三人は美希の為に唄《うた》を歌った。美希はそれを少し恥ずかしそうに聞いていた。歌が終わると、これまた英紀の指示で美希はロウソクを吹き消した。

「お誕生日おめでとう」

三人は声を合わし言葉を贈った。

「ありがとう、みんな」

美希は照れながら礼を言う。灯りをつけた英紀はもう一度拍手して場を盛り上げ、康太に視線を送った。康太はそれに頷《うなず》き、鞄の中から三人で買ったプレゼントをとりだし、美希に渡した。

「はい、これ。俺たちから」

美希は目を輝かせながらプレゼントを受け取る。

「ありがとう。何かな」

「開けてみたら？」

仁志の言葉に美希は頷き、丁寧に包装紙を剝《は》がしていく。

箱の中に入っていたのは携帯用のデジタルミュージックプレイヤーだ。美希はプレイヤーを丁寧に持って心底嬉しそうな声を上げた。

「ありがとう、これほしかったんだ」

それを聞いて英紀は調子に乗る。

「だろだろ？　そう思ったんだよ」

調子のいい英紀に美希はクスクスと笑った。

「ありがとう」

その横から仁志がそっと茶封筒を美希に差し出した。

「それと、これ。今月分。かなり少ないけど」

封筒の中に入っているお金は英紀と仁志が稼いだものだ。美希のためにバイトしているのは康太だけではない。二人はまだ新聞販売店で働いている。二人とも自分のこともあり、一週間に一度しか出勤できないが、美希を守ろうとしている気持ちは変わらない。

封筒を渡された美希は申し訳なさそうに頭を下げた。

「本当にいつもいつもありがとう」

英紀が再び場を明るくさせる。

「いいってていいって。さあケーキ食べようぜ」

康太も美希を盛り上げる。

「そうだな、たくさん食べるぞ美希」

美希は封筒を大切にしまった後、満面の笑みを見せた。

それから四人は良子が仕事から帰ってくるまでの約二時間、誕生日会を思う存分楽しみ、また来週会う約束をして別れた。


みんなといて楽しかったせいか、一人になった途端、康太は急に寂しくなった。憂鬱《ゆううつ》なのは、愛や温《ぬく》もりのない家に帰らなければならないからだ。あんな冷え切った家庭、もうウンザリだった。康太のその想いは、大人になっていくにつれ強まっていた。

部屋の鍵《かぎ》を開け、靴を脱いだ康太はただいまも言わずに自分の部屋に向かう。が、この日は少し妙な雰囲気を感じた。

康太のその直感は当たった。

いつもは部屋に近づいてこようともしない父が、厳しい表情でやってきた。そしていきなり言ってきたのだ。

「康太、お前バイトなんかしているのか」

まさかそんなことを言われるとは考えてもおらず、またそれが事実だったので康太は咄嗟《とっさ》に言葉を返せなかった。

「光二から聞いたよ。光二の友達がお前が働いているところを見たそうだ」

そういうことか。光二の奴、余計なことを。

父は理由も聞かず、

「みっともない。ウチがお金がないと思われるだろ。今すぐにやめなさい！」

と命令してきた。

康太は正直に話そうかと思った。しかし彼の喉元《のどもと》が動くと、父はピシャリともう一度言った。

「いいからやめなさい」

父のその態度が我慢ならなかった。康太は父に敵意をむき出しにした。

「アンタにいくら話したって無駄だろ。俺は辞めない。放っておいてくれ！」

康太は父に言い放ち、家を飛び出した。しばらくがむしゃらに走った康太は息が切れて立ち止まった。

「あんな家……」

しかし帰る場所なんて他にない。結局、家に帰る自分が情けないし恥ずかしい。でも高校を卒業したら家を出ようと思う。そしていずれは美希と幸せな家庭を築きたい。

それが今の康太の未来図だった。

現在 ④

加納静香に導かれ、北面コースを歩く四人は、再び急斜面の道なき道を、力を合わせて登っていく。しかし、普段からあまり足腰を使っていない四人にとって、三時間近く登り続けるのは非常に過酷で、全員が足の裏や脹ら脛《はぎ》、そして太股《ふともも》の痛みを抱え始めていた。それでも誰も痛みを訴えはしないが、四人のペースは確実に落ちている。疲労に加え、入山してから何一つ食べ物を口にしていないのである。集中力が切れるのは当たり前であった。

危機はそれだけではない。現在の時刻は四時ちょうどを示している。季節は春とはいえ、日が暮れるのは早い。もうじき空が暗くなり始める頃である。

更に心配なのは、空が曇りだしていることだ。山の天気は気まぐれという。もしこの状況で雨なんか降りだしたりしたら、それこそ最悪だ。

国男もどうやら天気の心配をしているようだ。しきりに空を気にしている。

「きついけど、ここ頑張るぞ。雨が降る前にどこか安全な場所見つけないと」

「そうだね」

と仁志はそう答えるが、なかなか思うようにペースを上げられないようだ。前の二人と微妙な距離がうまれだした。

最後尾にいる康太は、

「大丈夫か仁志」

と声をかけ、彼のお尻《しり》を押して歩く。それで楽になった仁志の足取りが少し速くなった。

「ごめんコウちゃん。もう大丈夫だから」

仁志は康太を気遣って、必死に二人についていく。康太も自分のことで精一杯ではあるが、時折、仁志をサポートしながら上を目指す。

その後も四人は休憩を挾むことなく、斜面のきつい道を、木の枝や岩につかまりながら何とか進んでいく。

全員疲労困憊《こんぱい》だが、今彼らを動かしているのは加納に対する恨みと殺意である。これが消えない限り四人は頂上へ行ける。行かねばならない。

しかし神の悪戯《いたずら》か、それとも罪を犯した天罰か、この直後康太は一滴の雨粒を頰に受けた。

ヒヤリとした雨粒を感じ、康太は不吉な予感を抱くが、徒《いたずら》に三人の気持ちを揺さぶってしまうだけだと、康太は決して雨だとは口にしなかった。

だが康太のその気遣いは、天によって無意味なものとなった。

ポツ、ポツと長い間を置いて落ちてきていた雨が、ポツリポツリと降り始め、そこから勢いは一気に増した。

国男は一旦《いったん》立ち止まり、強い雨を受けながら上空を見上げ、

「降ってきやがったか」

と顔を顰《しか》めた。

「雨宿りする場所なんてねえしな」

英紀の言う通り、左を向けば奈落《ならく》の底、右を向いても枯れ木ばかりである。身を隠す場所なんてどこにもない。

「とにかく急ごう」

康太のその言葉に三人は頷《うなず》き、雨宿りができる場所まで急いで登る。

雨の勢いは止まることなく、むしろ強さを増していく。雨だけじゃない。風も強まりだしてきた。四人はビショビショになりながら慌てて道を駆け上っていく。

左手で顔をかばいながら国男は大声で注意を促した。

「気をつけろ、みんな」

衣服が水を吸い、身体が段々と重みを増していく。ただでさえ登山向きの恰好《かっこう》ではないの

に、さらに雨の中だ。

　ピカリと上空が光った。

　同時に、英紀の小さな悲鳴が聞こえた。

　雨でぬかるんだ土に足を滑らせた英紀が、背中から落ちてきたのだ。瞬時に助けることのできなかった仁志、更にその後ろにいた康太も巻き込まれた。

　三人は山道を派手に転げ落ち、急斜面の途中で何とか止まることができた。痛々しい声を洩《も》らしながらうっすらと目を開けた康太はゾッとした。自分と仁志の上に乗っている英紀の足が、足場のない、空中に浮いているのである。少し位置がずれていれば三人は真っ逆さまに地獄に落ちていた。

「大丈夫か！」

　慌てて国男が下りてくる。しかし三人とも未《いま》だ動くことができない。特に英紀の痛がり方は普通ではなかった。

　三人の元に辿《たど》り着いた国男だが、慌てふためくだけで何もすることができない。

「クニちゃん、ヒデちゃんをどけて」

　苦しそうに言う仁志の指示で、国男は二人の上に乗っている英紀の身体をゆっくりと端にどけた。

「おい英紀、どうした」

国男の呼びかけに、英紀は足首の辺りをおさえ、

「いてえ、いてえよ！」

と痛みを訴えた。よく見ると、靴下に血が滲《にじ》んでいる。止まる気配はなく、血の面積は大きくなっていく。彼らの不安も膨らんでいく。

「二人は大丈夫か？」

仁志は少し右腕が気になるようだが、心配はなさそうだ。康太も、腰を強く撲《う》ったが何とか立ち上がることができた。

問題は英紀である。

まさか骨折なんてことないだろうか。

しかし万が一そうだったらどうする。こんな山のど真ん中でどうすればいいのだ。助けてくれる人なんていない。英紀の顔は色をなくしていた。痛みを堪《こら》える英紀は、唇を青くなるほどに強く噛《か》んだ。

彼の訴えは更に三人を混乱させた。

「やべえ、動かねえ」

三人は素早く視線を合わせた。康太は危機を脱する方法を思案する。

「おい仁志、お前手当てできねえのかよ」

何を思ったのか国男がそう言った。

「僕は獣医志望なんだよ。犬と人間は全然違うんだよ」

なるほどそういうことか。獣医志望なら軽い処置くらいはできると思ったらしい。一刻も早く処置をしなければならないと考えついたのだろうが、仁志の言い分はもっともである。犬と人間は違う。だがそれでも国男は仁志に手当てをさせようとした。

「そんなこと言ってる場合じゃねえだろ。何とかしてやってくれよ」

国男と英紀の足とを見比べる仁志は当惑するも、英紀に身体を向けた。

「とりあえず、見せてみて」

仁志は一つ大きく息を吐いて、英紀の右足に両手を伸ばした。触れた瞬間、英紀は叫び声を上げた。その声に仁志はビクリと肩を弾ませ両手を離してしまった。

「しっかり！」

康太は弱腰になっている仁志の背中を押してやった。彼に賭《か》けるしかなかった。仁志はもう一度、英紀の右足に手を伸ばし、おっかなびっくりではあるが、足首を確かめた。

「どうだ？」

心配そうに聞く国男に、仁志は不安そうな表情を見せた。

「足首のあたりが段々と腫《は》れてきてる」

「まさか、折れてるのか？」

康太は仁志に聞いた。それは今後を左右する重要なことである。仁志は英紀の足首を慎重に動かし、英紀の反応を見て答えた。

「分からないけど、骨折まではしてないと思う。捻挫《ねんざ》じゃないかな。血は何かに引っかけた切り傷だ」

それを聞いて英紀はもちろん、康太と国男も安心する。レントゲンで確かめない限り確実とは言えないが、今は仁志の言葉を信じ、そうであることを願うしかない。

「どうする仁志」

康太は仁志の判断を待った。仁志は、自分のハンカチを手に取った。

「おいおい、そんなんでどうするつもりだよ」

国男の言葉が聞こえないほど、仁志は集中していた。こんなにも仁志が真剣かつ逞《たくま》しい顔を見せるのは初めてではないか。

仁志は英紀の靴を脱がせ、英紀の足首にハンカチを縛って足首を固定する。

「自信はないけど、ヒデちゃんどう？」

英紀はまだ痛そうな顔をしているが、先ほどよりは大分よくなったようだ。

「何とか」

「やるじゃねえか仁志」

「このくらいは誰だってできるよ」

「いや、それでもよくやった。本当によくやったぞ」

国男は仁志を大形に褒めた。安堵《あんど》する国男に対し、仁志はまだ安心しきってはいない。

「問題はこの先、歩けるかどうかだよ」

途端に国男の顔色が変わった。

「おい英紀。どうだ？　立てるか？」

国男は英紀に手を差しのべる。英紀は国男の手をとって、苦しそうではあるが何とか立ち上がった。

「歩ける？」

仁志に聞かれ、英紀は怖々と一歩を踏み出す。が、かなり痛むようだ。踏みしめるたび、英紀は呻《うめ》き声を洩らす。

「俺の肩に摑《つか》まれ」

国男が英紀に肩をかした。

すかさず康太が止めた。

「無茶だよ。雨だって強いし、こんな急斜面、今の英紀には登れるわけないよ」

「でも立ち止まってる訳にもいかねえだろ」

「せめて雨が止むまで待ったほうが」

しかしその兆しはない。止むまで待っていたら、夜になってしまいそうだ。こんな場所で夜を迎えるのは危険である。

判断に迷っていると、英紀は歩く意思を見せた。

「大丈夫。俺、行けるよ」

「本当に大丈夫か？」

康太が確認すると、英紀は力強く頷《うなず》いた。

「ああ」

康太は、国男と仁志と顔を見合わせる。二人も、行くことに賭けているようだ。

「分かった。五合目までもう少しだろう。行こう」

四人は雨の中、再び歩き出した。足を怪我している英紀を先頭におき、その後ろから三人が支える形になって、きつい山道を慎重に登っていく。ただ連続して歩くのはさすがに無理なようで、一定の間隔で休憩しながら進んでいく。

「英紀、焦らなくていいぞ。ゆっくりな」

皆で声をかけ合い、英紀を励ましながら、残り何メートルかもわからない五合目を四人は目指した。

救いだったのは、康太の予測通り、三十分後に『五合目』と書かれた柱が見えてきたことだ。そしてもう一つ助かったのは、近くに小さな神社が建っていたのだ。

四人は石階段を上り、鳥居をくぐって神社の屋根の下に腰を下ろした。すると今まで熱気を帯びていた身体がぐんぐんと冷えてきた。それよりも今は英紀の足の具合が心配であった。

「おい英紀。どうだ？　足の方は」

英紀は足首をおさえ、康太に具合を伝えた。

「心配ないよ」

「そうか。無理するなよ」

「それより」

英紀は俯《うつむ》きながら皆に詫《わ》びた。

「わるい。俺のせいで、みんなに負担かけちゃって」

落ち込む英紀の肩に国男は手を回す。

「何言ってんだよ。気にすんな」

「仁志も、ありがとう。手当てしてくれて。随分楽になったよ」

仁志も、気にしないでというように笑みを見せた。

「さてそれより」

と言って国男は立ち上がった。

「夜になるまでに、泊まれる場所見つけないとな。今日中に頂上は無理だろ」

「そうだね」

と仁志が返す。

「でもそんな場所、あるのか？」

英紀が不吉なことを言うと、国男と仁志は黙ってしまった。

「なあ康太」

すがりつくように国男は康太に話しかける。しかし康太は、今の三人の会話を聞いていなかった。彼の視線の先にあるのは、泥にまみれた赤いお守りであった。康太は腰を上げて、まるで何かに取り憑《つ》かれたかのように歩み寄り、赤いお守りを手に取った。

「おい、どうしたんだよ康太」

聞こえてはいるが、康太は反応を見せなかった。

「おい」

国男に肩を揺すられ、康太は我に返ったようになった。

「ああ、ごめん。つい」

「何だよ、そのお守り」

康太は赤いお守りを見ながら、ポツポツと答えた。

「一年ちょっと前に、これに似たお守りを美希にあげたんだ」

「お守り？　どうしてだよ」

康太は過去を思い出しながら答えた。

「決まってるじゃないか。心臓がよくなるようにって」

過去　④

康太は年明け早々、美希の家を訪ねた。自分の家とは違って、部屋には鏡餅《かがみもち》や今年の干支《えと》の置物やその他、飾り付けが一切ない。美希も良子も毎日が忙しくてそれどころではないようだ。毎日、自由気ままに暮らしている自分の母が腹立たしく思えた。

康太はコートのポケットから茶封筒を取りだし、テーブルにそっと置いた。

「おばさん、これ十二月分」

良子は深々と頭を下げ、ありがたそうに封筒を受け取った。

「いつもありがとね。でも戸部くん、もう無理しないでね。今年から大学受験の準備入るんだから」

早いもので高校二年の冬である。良子の言う通り、もうじき大学受験が始まる。

「いいんですよ。受験なんて。まだ先だし」

「それにしても早いわね。もう高校三年生になろうとしているんだから」

康太は美希がいる前で、良子に尋ねた。

「おばさん、美希の手術、まだできないの？」

良子は残念そうに首を縦に動かした。

「一体いつになったら手術できるの？」

「戸部くんも知っている通り、心臓移植手術というのは、相当な時間が必要でね、まずは美希の身体《からだ》に適合するドナーが見つからないと」

「でもそんなこと言っているうちに」

一瞬、我を失い熱くなってしまった康太はハッとなった。美希の前でこんなこと言ってどうする。彼女の不安を煽《あお》るだけだ。

「大丈夫よ戸部くん。美希はそんな弱い子じゃない。信じて待ちましょう」

良子の心強い言葉を受け、康太は表情を緩めた。

「そうですね」

悪い考えはよそうと、康太はコートのポケットから今度は白い包み紙を出し、それを美希に渡した。

「何？　これ」

「開けてみて」

康太は嬉《うれ》しそうに言った。

美希は言われた通り包み紙を開け、中身を確認し、それを手に取った。

「お守り？」

「そう。さっき神社で買ってきたんだ。美希を病気から守ってくれるようにね」

美希は大事そうにお守りを胸に当て、自分の財布の奥の方にしまった。

「コウちゃんありがとう」

良子からも、

「ありがとうね、戸部くん」

と礼を言われ、康太は照れ隠しする。

「いいって、全然」

ほんの数秒間会話が止まると良子は、

「そうだ」

と手を叩《たた》いて立ち上がり、台所に向かった。そして、

「戸部くん、お雑煮食べて行きなさいよ」

と勧めてきた。

「お雑煮ですか？」

正月に雑煮を食べられるなんて、何年ぶりだろう。うちの母親は雑煮なんて作らない。お節もスーパーで買ってきたものだ。

康太は溢《あふ》れるほどの笑顔で頷《うなず》いた。

「はい、いただきます」

「じゃあ準備しようかしら」

少し待つと、温かい雑煮が運ばれてきた。大きなお餅とたくさんの野菜が食欲をそそる。

康太は良子から箸《はし》と椀《わん》を受け取り、湯気の立った柔らかい餅を口いっぱいに頬張った。

「どう、おいしい？」

思ったよりも餅が熱くて、康太は奇妙な動きで熱さに耐える。ようやく落ち着いた康太は、

「すごくおいしい」

と伝えた。

「それは良かった」

と良子も嬉しそうだ。

「いっぱい食べてね」

「はい」

康太は良子が作った雑煮を、まるで丼物《どんぶり》を食べるかのように勢いよく口に入れていく。味はもちろん、それ以上に良子の愛情と温《ぬく》もりを感じた。

こんな美味《おい》しい料理、家では食べられない。

戸部家は金はあるが冷え切っている。たっぷりの愛情で育てられた美希が羨《うらや》ましく思えた。

「そうだ美希、このあと戸部くんに映画でも連れてってもらったら？」

いきなり言われたものだから康太は雑煮を噴き出しそうになった。

「ええ？」

動揺する康太に美希は勘違いする。

「やだ？」

「全然いいけど、今日バイトないし」

しかし、二人で映画なんて、普通にデートではないか。康太は妙に意識してしまい、緊張を隠せない。さっきまで美味しかった雑煮の味が急に分からなくなってしまった。

「じゃあ、連れてってあげて」

良子はそう言って、財布から一万円を取り出し、それを康太に渡した。康太は遠慮することも忘れ、一万円を受け取った。そして残っている雑煮を胃に流し込み、

「じゃあ、早速行こうか」

と、少し足をふらつかせながら立ち上がった。

「うん」

「行ってらっしゃい二人とも」

「行ってきます」

嬉しそうに家を出た美希に対し、康太は緊張でお邪魔しましたの一言も言えず、美希のアパートを後にした。

「みなとみらいの映画館に行ってみようか？」

「そうだね」

「映画なんて久しぶりだよ。楽しみだね」

デート、と意識しすぎているせいか、うまく会話ができない。喋《しゃべ》ろうとすればするほど身体が熱くなる。

「ああそうだね」

康太は抑揚のない返事をする。

「どうしたのコウちゃん？　何かおかしいよ」

康太は慌てて右手をふった。

「そんなことないない」

明らかに不自然な康太に、美希はクスッと笑った。

「変なの」

二人はバスに乗り、目的地であるみなとみらいの大型ショッピングモールに向かった。

休みとあって、ショッピングモールは大勢の人で賑《にぎ》わっていた。美希の声が聞こえないくらいだ。

四階の映画館に着くと、美希は真っ先に映画の案内掲示板に向かった。後ろにいる康太に、少し興奮しながら尋ねた。

「ねえねえ、何観る？」

「美希の観たいやつでいいよ」

そう答えると、美希はなぜか頬を膨らませた。

「何それ？　適当じゃん」

美希が機嫌を損ねたようなので康太は慌てた。

「だったら、アレ観るか。時間も丁度いいしさ」

康太が指さしたのは、今話題の恋愛映画だ。

美希は快く承諾した。

「じゃあ、チケット買ってくる」

「その間にジュースとポップコーン買っておくね」

そう言って美希は売店に歩いていった。彼女の後ろ姿を見つめる康太の頬は紅潮していた。視線に気づいたのか、美希が不意にこちらを向いた。康太は逃げるようにしてチケット売り場に足を進めた。

「こ、高校生二枚ください」

動揺を隠しきれない。心臓はまるで跳ねているようだった。

二人分の料金を払い、康太は二枚のチケットを受け取った。そして、売店で待っている美希の元に向かう。先ほど康太はお雑煮を食べたばかりだというのに、美希は一番大きなサイズのポップコーンを買っていた。片手では持てないくらいの大きさだ。

「おいおいそんなの買ってどうするんだよ。食べきれないって」

自分でも分かっているようで、美希は舌を出した。

「だよね。でも何か嬉しくて買っちゃった」

康太は彼女の言葉に反応した。自分といるから嬉しいのだろうか。そう思うと余計身体が硬くなった。

やれやれ、というような表情で康太は言った。

「行くぞ」

康太を先頭に、二人は劇場に足を進める。途中美希の手が触れ、それだけでも全身に電気が走った。

席に座った美希は手元にあるポップコーンをつまみながら映画が始まるのを待つ。康太はそんなお菓子どころではなく、隣にいる美希が気になって仕方ない。

「何？」

と視線に気づかれ、康太は咄嗟《とっさ》に目をそらした。

「いや、よく喰《く》うなって思って」

ごまかすつもりが、女子に対して失礼なことを言ってしまった。

「何よそれ。コウちゃんも食べてよ」

差し出されたポップコーンを仕方なく食べるが、口の中が乾ききっているのでパサパサしてむず痒《がゆ》い。すぐに飲み物で胃に流した。

「おいしいでしょ？」

「まあ」

場内が暗くなり、康太はホッとした。これならお互いの顔が見えない。視線にだって気づかれない。

しばらく映画の宣伝が流れた後、スクリーンは本編に移った。美希はポップコーンを食べるのを止《や》め、スクリーンに集中する。康太は美希の存在がどうしても気になってしまい、物語が始まっても美希の顔をチラチラとうかがい、彼女が少しでも動けば顔を横に向ける。終始そればかりを繰り返し、康太は結局、映画の中身が全く分からないまま席を立った。


場内から出た美希はよほど満足したのだろう、軽いスキップをして見せた。

「おい美希、また苦しくなってもしらねえぞ」

「大丈夫。何か今日、調子いいんだ」

康太はホッとした笑みを浮かべた。

「そっか」

「ねえコウちゃん、せっかく来たんだし、洋服とか色々な物見ていかない？」

時計の針はまだ三時半だ。帰るには早すぎるし、もう少し美希と二人でいたい。

二人は洋服や雑貨を見て回った。途中アイスを食べたり、ゲームセンターでぬいぐるみを取ったりと、二人は楽しい時を過ごした。康太にとっては何よりも幸せで、このまま時間が止まってほしいと思ったくらいだ。しかし、楽しい時に限って時間の流れは早く感じるものだ。アッという間に六時を過ぎ日は暮れた。二人はショッピングモールを出てバスに乗った。

最寄りのバス停で降りた二人は、暗い道を歩いていく。美希はまだ余韻に浸っているが、康太は寂しい気持ちであった。一日中一緒にいたせいか、その想いはいつもより強かった。何より安心したのは、美希が今日一度も苦しい顔を見せなかったことだ。もしかしたら、自分が渡したお守りが美希を守ってくれているのではないか。

「コウちゃん今日はありがとうね。また、連れてってよ」

美希にとっては大したことのない一言であろうが、康太にとっては重要だった。

自分は一度も、美希の気持ちを確かめたことがない。こんなチャンス、滅多にくるものではない。

「なあ美希」

意を決した瞬間、動悸《どうき》が高鳴った。次に何を言おうとしたのか分からなくなり、康太はしどろもどろになった。

美希は何？　というように目を大きくさせる。

康太の今の考えなど知る由もない美希はいつもの調子である。

「どうしたの？」

「いや、あの……」

あたふたする康太に、美希は可笑《おか》しそうであった。

「何よ。変なの」

勢いで言え、言っちまえ。

康太は自分に言い聞かせ、改めて覚悟を決めた。

「美希」

その時だ。

「康太、美希！」

後ろから野太い声が聞こえてきた。

康太と美希は同時に振り返った。その瞬間、二人は驚きを通り越し、呆然《ぼうぜん》となってしまった。

幻を見ているようだった。

二人の視線の先には、二年以上も姿を消していた国男が立っていたのだ。

「二人とも、元気だったか？」

国男は、どう話したらよいのか分からないといった感じで、どこか遠慮がちであった。自分たちに引け目を感じているのだろう。そこまで彼の気持ちを理解しているというのに、二人は未《いま》だ口を開けない。そんな康太と美希を見て、国男は不安に思ったのだろう。

「どうしたんだよ」

と少し悲しげな顔を見せた。

「まさか、俺のこと忘れちまったのかよ」

康太はただ首をふる。胸が詰まって声が出ない。

「だったら何か言ってくれよ」

「クニちゃん、おかえり。ずっと待ってたよ」

美希は一筋の涙をこぼして言った。

「おかえり、国男」

と康太は声を絞り出した。国男はホッとした笑みを見せ、それに応《こた》えた。

「ただいま」

二人は国男の傍《そば》に歩み寄る。

「いつ、帰ってきたんだよ」

「たった今だよ」

「今までずっとどこにいたの？　心配してたんだから」

国男は美希に、

「ごめんな」

と詫《わ》びて、

「福島にいたんだ。康太たちと別れた後、適当に夜行列車に乗ったんだよ。そしたらそれが福島行きでよ」

苦笑しながら言った。

「どうやって生活してたんだよ」

康太が聞くと、国男は軽い調子で言った。

「たまたま、牛乳販売店を経営している夫婦に拾われてよ、そこで住み込みで働かせてもらってた。大変だったんだぜ。周りには何もない超田舎でさ、コンビニだって超遠いし、ゲームもできねえし。けどその夫婦がいい人たちでさ、その人たちがいなければ、俺は生活できなかったよ」

まさかそんな遠い所で生活していたなんて考えもしていなかった。国男は簡単に言うが、相当辛《つら》く、寂しかったに違いない。

「そっか。そうだったのか」

「ごめんな。ずっと連絡もしないで」

「とにかく無事で良かったよ。英紀と仁志も呼ぼう！　二人もすごく心配してるんだ」

康太は携帯を取った。国男はそれを羨《うらや》ましそうに見た。

「いいな、携帯」

康太は、電話に出た英紀に興奮しながら伝えた。

「英紀、国男が帰ってきたんだ！」


小学生のとき、毎日のように遊んでいた公園のベンチに座って二人を待っていると、英紀と仁志の歓喜の声が聞こえてきた。

「国男」

「クニちゃん」

二人は国男に駆け寄る。英紀は嬉《うれ》しさのあまり国男に飛びついた。

「おいおい、興奮しすぎだよ」

国男が嫌がっても英紀はしばらく国男から離れなかった。仁志も目を輝かせながらずっと

彼を見つめている。国男は照れくさそうに、

「見すぎだよ」

と仁志に言った。

「だってさ、信じられないんだもん。クニちゃんが帰ってきたなんて」

国男は二人にもしっかりと詫びた。

「悪かったな。迷惑かけてよ」

英紀は国男から離れた。

「全然いいって。気にすんなよ」

「そうだよ。でも良かったよ無事で」

「だよな、マジで死んだかと思ったよ」

英紀の冗談に、四人は声を上げて笑った。

こうして全員が揃う日をどれだけ待ちわびたか。やっと、五人で笑い合うことができた。

やはり自分たちは五人で一つだ。誰が欠けてもいけないんだと康太は改めて思った。

しかし嘘みたいだった。改めてよく見ると、国男はこの二年間で随分と成長したようだ。

坊主頭は変わらないが、背も伸びたし、顔つきも更に男らしくなった。声だって少し変わって太くなった。

みんなとはいつも会っているので成長していても変化が分からないが、国男はガラリと変わったように感じた。彼が未来からタイムスリップしてきたような、妙な感覚だった。国男も同じように感じているのだろうか。

国男は、二人にもこの二年間どこでどう暮らしていたのかを細かく説明した。

途中で英紀が疑問を抱いた。

「でもどうして突然、帰ってこようと思ったんだ？」

国男はフッと鼻で笑った。

「いい加減親父の怒りもおさまったかなって思ってよ」

国男は四人の顔を見て言った。

「それより、みんなも元気そうでよかったぜ」

しかし康太はその言葉を受け神妙な顔つきとなった。

国男はもしかしたらあの金で美希が手術をし、心臓が良くなったと思っているのではないか。そうだとしたら事情を話さなくてはならないが、それは気が重い。だが隠し通しても無駄である。国男が全てを知るのは時間の問題だ。

「あのな国男。実は美希、まだ手術してないんだ」

その事実を知った国男の表情が停止した。彼は腰を浮かせて言った。

「どういうことだよ。金はあっただろ」

落ち着けと言うように康太は国男を座らせた。

「お金はすぐにおじさんに返したよ。いや、どちらにせよまだ美希の身体に適合するドナーが見つからないんだ」

国男と目が合った美希は顔を伏せてしまった。

「そんな、だってあれから何年経ってると思ってんだよ」

「移植手術は相当、時間がかかるみたいなんだ」

国男は放心状態となった。棒のように立ちつくしている。美希は責任を感じ、国男に頭を下げた。

「クニちゃんゴメン。私のためにあんなことまでしてくれたのに」

一番辛いのは美希だと国男は思ったのだろう。だからショックを受けていても無理に微笑《ほほえ》み、彼女を励ましたのだ。

「何言ってんだよ。俺のことはいいよ。それよりな美希、絶対に大丈夫だよ。絶対によくなるって」

国男は美希の沈んだ顔を見て提案した。

「よし、明日はみんなで遊園地にでも行くぞ。明日は一日、俺につき合えよ。嫌とは言わせねえぞ」

　まだ乗り切れない美希に英紀が元気づけた。

「そうだな、国男が帰ってきた祝いだ。行こうぜ美希」

　仁志も後に続く。

「行こう美希ちゃん」

　美希と目が合った康太は笑顔で頷《うなず》いた。それで美希はようやく明るい顔を見せた。

「みんなありがとう」

　国男は手を叩《たた》き、ベンチから立ち上がった。「よし決まりだ。明日はめいっぱい遊ぶぞ」

　国男の心境は複雑だろうが、今日は良いことが続くなと康太は思った。美希とデートができたし、国男が帰ってきてくれたのだ。もしかしたら美希の手術だって決まるかもしれない。

　康太はそんな気がしていた。


　翌日、五人は東京の遊園地に出かけた。五人揃ってどこかへ遊びに行くなんて、いつぶりだろう。いつも一緒にいた小・中学時代に戻ったようだ。久々に皆と遊ぶ国男は特にテンションが高かった。

「着いたらまず何から乗る？」

電車の中だというのに、英紀は興奮を抑えられない様子である。子供っぽい英紀に皆クスクスと笑った。

「何だよ何だよ。もっと盛り上がって行こうぜ」

「もう少し大人になれよ英紀」

国男がそう言ったのは意外だった。五人の中で一番子供じみていたのが国男である。二年間の田舎暮らしが国男を大人にした。同い年とは思えぬ落ち着きぶりなのだ。

ふと、国男が消えた日の記憶が掠《かす》め、彼の言葉が鼓膜に響いた。

美希には国男がどう映っているだろうと康太は心配になった。国男は更に背が高くなったし、男らしくなった。勇気も度胸もある。美希だってそれを知っている。国男と見比べられたら勝ち目はないと思った。もっとも、今でも国男が美希に恋心を抱いているのかどうかは不明であるが。康太は気が気ではないというように美希の視線を追った。国男を見る回数の方が多いような気がして不安になった。

遊園地についた五人はチケットを買い、まず最初にメリーゴーラウンドに歩みを進めた。高校生には物足りない乗り物だが、皆、美希の身体を考えてゆったりとした乗り物を選んだのだ。

五人は、それぞれの馬にまたがり、緩い速度でグルグルと回るメリーゴーラウンドを楽しむ。写真係の仁志が、全員の笑顔をカメラにおさめていく。美希はとても楽しそうである。

約五分ほどでメリーゴーラウンドは終わり、五人は次の乗り物を考える。

「おい、あれなんてどうよ?」

国男が指を差したのは川に浮かぶ遊覧船であった。広い園内をゆったりと進む遊覧船なら全く問題ないだろう。

「決まりだな」

国男は皆の意見も聞かず、勝手に遊覧船の方に進んでいく。美希は、やれやれと苦笑した。しかし内心ではどう思っているのかなと康太は心配になった。女の子からすれば、男は少し強引なくらいが良いとよく聞く。康太にはその強引さがない。頭では分かっていても躊躇《ためら》ってしまう。

遊覧船の後も康太たちは美希の身体を気遣い絶叫系は避け、コーヒーカップや観覧車、そしてショーなどを観て楽しんだ。康太は美希のポイントを稼ごうと、アトラクションに乗るたびに彼女の横に位置づけ、身体を気遣った。

昨日と同じように、楽しければ楽しいほどアッという間に時間は過ぎ去っていくものである。あまり遅くまでいるわけにもいかないので、最後はお土産屋で色々なグッズを買い、夕食も久々にみんなで一緒に食べた。メニューは何てことのないパスタやピザだったが、みんなと一緒に食べる夕飯は格別に美味《おい》しかった。

腹をポンポンと叩きながら国男は満足そうに店を出た。

「喰《く》った喰った」

国男はそう言って、出口の方に進んでいく。

「美希はお腹一杯になった？」

康太が尋ねると、美希は満面の笑みを見せた。

「うん、美味しかった」

英紀は時計を確認し、皆に言った。

「じゃあ、そろそろ帰るか」

「そうだな」

と康太が返す。

「今日はマジで楽しかったよな」

英紀は歩きながらこの日を振り返った。

「ちょっと待ってみんな」

英紀の後ろにいた仁志が突然、皆を呼び止めた。四人は足を止め、振り返る。

「何だよ仁志」

国男が聞くと、仁志は首にかけているカメラを手に取った。

「最後に五人で写真撮ろう。考えてみたら、五人で写ってる写真、一枚もないからさ」

そう言われてみればそうだ。集合して撮った記憶はない。

「だね、みんなで撮ろう」

美希が賛成すると、仁志は近くにいたピエロにカメラを渡し、駆け足で戻ってきた。

美希を真ん中にし、五人はそれぞれポーズを作る。ピエロは、撮るよ、というジェスチャーをし、シャッターを切った。五人はポーズを解き、ピエロにありがとうと手を振った。

後日、その写真が手元に届いた。康太はカメラ目線ではなく、美希の方に目を向けていた。

現在　⑤

薄暗い山道に、四人の荒々しい息づかいと雨音が混じり合う。康太たちはびしょ濡《ぬ》れになりながら、落ち葉や岩だらけの荒れた道を注意しながら登っていく。

ただ、つい先ほど怪我をした英紀の足はもう限界にきていた。我慢できないくらいの痛みなのだろう。顔を顰《しか》め、すぐに立ち止まってしまう。ただでさえ苦しいというのに、大きなハンデを抱えてしまった英紀には頂上は無理なのではないか。しかし置いていく訳にはいかないし、一人で下山させるなんてもっと危険である。やはり英紀には耐えてもらうしかない。

当然、痛み止めなんてない。食料すらないのに、そんな物があるはずがない。所持しているのは財布だけである。あれだけ金が必要だったのにもかかわらず、こんなにも金が無意味に感じたのは初めてだ。

「大丈夫か英紀。俺につかまれ」

国男は英紀に肩を貸し、無理してでも登っていく。

「悪いな国男」

落ち着いて行こうと決めても、国男は内心では焦っている。康太も仁志もそうである。日没が迫っているのだ。一番危険なのは、山道で夜になることだ。辺りが真っ暗になれば足下だって見えづらくなるだろうし、道に迷う可能性だって大きい。春とはいえ山の気温は低い。服だって濡れているし、野宿なんてしたら凍死する。日が落ちる前に、どこか安全な場所を見つけなくてはならない。

康太、国男、仁志の三人は、英紀の足となって英紀を上に連れていく。体力はもう限界を超えているが、気力だけで山道を登っていく。意識も正常ではなかったのだろう。突然ハッとなった康太は、しっかりしろと自分の頰を強く叩《たた》いた。今さっき自分が歩いた道や、発した言葉が記憶にないのだ。気を抜いていた自分にゾッとした。この一瞬で、命を失っていた可能性もあるのだ。

「辛《つら》くても声をかけ合っていくぞ」

それは意識を失わないためのかけ声だった。

「オッケイ」

国男たちは疲れ切った声で言った。

ふと、康太たちが足を止めたのはその数分後だ。

上空を見上げた四人は、安堵《あんど》の息を洩《も》らした。降り続いていた雨が、ようやく止んだのだ。

これで少しは歩きやすくなると、四人はすぐに動きを再開した。痛みは同じだろうが、雨が止み気持ちが楽になったのか、英紀のペースがほんの少し上がった。それで三人の負担も軽くなった。

あとは安全な場所を確保するのみだ。

しかしそう思っていた矢先である。四人は思わず立ち止まってしまった。

数十メートル先に、うっすらと雪が積もっているからだ。どうりで寒いはずである。山の神は無情だと、つくづく思った。

「今度は雪かよ」

国男が、弱音に近い声を出した。

「雪が固まってたら滑るし、危険だよ」

後込《しりご》みする仁志に、

「それでも行くんだ」

と康太は言った。

「わりい、俺のせいで」

責任ばかりを抱く英紀に、康太は厳しく言い放った。

「喋《しゃべ》ってる間も時間は進んでるんだ。立ち止まってるヒマはない。このまま夜になったらまずいぞ」

口元を結んだ国男が傍に落ちていた太くて長い棒きれを手にして、先頭を進んだ。そして滑って転ばぬよう固い雪を叩《たた》き割り、道を切り開いていく。

「二人とも英紀を頼む。雪は俺に任せろ」

康太と仁志は了解し、英紀をサポートしながら国男の後ろをついていく。

雪道に変わり一番厳しかったのは疲労よりも寒さだった。雨で濡れた身体が、気温が下がったことにより冷え切ってしまったのだ。

冷えた身体に冷たい無数の針が突き刺さる。

凍え死ぬのではないかと思うほどの寒さが康太たちを襲う。四人の顔は青ざめ、手足は麻《ま》痺《ひ》し始める。もし動くのを止めて今よりも体温が下がったらと思うと恐くなった。

康太は悪い考えをかき消し、必死に寒さに耐えながら、雪道を登っていく。

しかし、康太たちの願いとは裏腹に、進んでも進んでも何も見えてこないのである。日はもうほとんど落ちている。このまま頂上まで歩き続けなければならないのではないかと、焦りと不安が交差する。

疲労困憊《こんぱい》の康太は、一瞬足をふらつかせた。

諦《あきら》めてしまえと、もう一人の自分が耳元で囁《ささや》いた。

止まってしまおうか。何度そう考えたか。

三人だってそうだろう。弱い自分と闘っている。それでも足を動かし続けられたのは、加納静香への怒り憎しみは勿論《もちろん》のこと、止まろうとする度に美希が声をかけてくれていたからである。四人は、彼女を悲しませることだけはしたくなかった。

しかしもしあと数十分、濡れた状態で寒空の下に晒《さら》されていたらどうなっていたことか。

空はまっ暗になり、身動きの取れなくなった四人は確実に死んでいただろう。危ないところであった。

もうほとんど夜に近い状態だった。死はすぐそこまで迫っていたと思うと身震いした。

康太は安堵した。『六合目』と書かれた柱の先に、いくつか廃棄された山小屋が建っていたのだ。

それを見た瞬間、仁志が気絶するようにその場に崩れてしまった。

「おい仁志」

国男に抱きかかえられた仁志は、

「大丈夫」

と反応は見せるが、声は憔悴《しょうすい》しきっている。身体も痙攣《けいれん》を起こしているかのように、ガクガクと震えていた。

倒れるのも無理はない。冷え切った状態で長い道のりを歩いてきたのだ。普通ならとっくに気絶しているだろう。早く休ませてやらなければならない。

「立てるか仁志」

康太と国男は仁志を立たせ、一番近くの山小屋に進んでいく。そして扉を開き、靴を脱いで中に入る。真っ暗でほとんど何も見えないが、贅沢《ぜいたく》は言っていられなかった。寝られる場所があるだけでもありがたい。

康太と国男は仁志をゆっくりと座らせてやった。仁志はバランスの悪いぬいぐるみのように、すぐに横倒れになってしまった。英紀もグッタリとしたまま動かない。しかしこのまま寝させるわけにはいかなかった。服が濡れているのだ。こんな状態で寝たら死んでしまう。

「仁志、おい仁志」

康太は仁志に声をかけ起こす。うっすらと目を開けた仁志に、服を脱げと命じた。

仁志は首を横に振って嫌がったが、康太は強引に彼の衣服を下着以外、全部脱がした。そして一旦《いったん》外に出て、残っている力で洋服を絞って水を出す。まだ多少濡れているが、これ以上、水を出すのは無理だった。着ているうちに体温で乾いてくれるのを願うしかない。

小屋に戻った康太は、疲れ果てている仁志に服を着させてやった。今度は自分の洋服を脱ぎ、水を絞り出す。怪我をしている英紀の洋服は、国男がやってくれていた。

洋服を着ていると、国男が言った。

「康太。どこかに燃えるような物ないか？　身体を温めないとまずい」

「燃える物？　ていうより、火がねえだろ」

国男はポケットから百円ライターと、水でしわくちゃになったタバコを取りだした。それを見て康太はショックだった。

「国男お前、タバコ始めたのか」

グッタリとしていた英紀と仁志も敏感に反応した。

「まあな」

康太は何と言ったらよいのか分からず、

「そうか」

とだけ返し、そのことに関してはそれ以上は何も言わなかった。

「ここは雨が降っていないようだから、もしかしたら葉っぱが燃えるかもしれない」

「そうだな」

「英紀と仁志はここで待っててくれ」

康太は二人に告げて、国男の後を追った。

外に出た二人は、落ち葉を拾って確かめた。しかし雪で湿っていて使い物にならない。落ち葉をその場に捨てた康太は、今度は木に生えている葉を手に取ってみた。触った感じでは湿ってはいないようだが、火は点《つ》いてくれるだろうか。

二人は、木に生えている葉をもぎ取り、小屋の前に集めていった。大分集まったところで、国男が一枚の葉に火を当ててみた。すると、緑の葉はすぐに火を通し、白い煙を出しながら燃えていく。国男はその燃えた葉を山盛りに集めた葉に落とした。最初はなかなかうまくいかなかったが、一枚一枚、燃やして山に落としていくうちに、段々と火は大きくなっていき、暖かさを感じるまでになった。これなら寒さを凌《しの》げそうだと、康太は安堵の息を吐いた。

「もっと葉っぱを集めてくる」

国男は言って立ち上がった。康太は部屋に戻り、二人に叫んだ。

「二人とも、火が起こせたぞ」

それを聞いた英紀と仁志は小屋の外に出てきた。そして火の近くに座り、冷え切った身体を温める。二人とも心底ホッとした表情を見せている。これで洋服もすぐに乾くだろう。康太もしばらく、火に手を伸ばしながら休息した。

静止すると、下半身がジンジンと痛み出した。特に足の裏と脹《ふく》ら脛《はぎ》の痛みが酷《ひど》い。自分でマッサージするが、すぐによくなるはずもなく、自然と痛みが和らぐのを待つしかないようだ。

パンパンに張った脹ら脛をほぐす康太は、英紀の足が気になった。

「英紀、足は大丈夫か？」

康太が心配すると英紀は、

「ああ、何とか。ありがとう」

と答えた。

「もし辛《つら》かったら、明日《あした》はずっとここにいた方がいいかもしれないぞ」

康太が言うと、英紀はキッと鋭い顔を向けた。

「何言ってんだよ。そんなことできるかよ」

「だよな、ごめん」

英紀だって美希に対する想いと加納への怒りは自分と同じである。康太が謝ると、英紀は口元を緩めた。

「全然余裕だよ。明日になれば良くなってるって」

「そうだな」

すぐ近くで葉を集めていた国男が両手に大量の葉っぱを抱えながら戻ってきた。

「これでもっと火が強くなるだろ」

少しずつ緑の葉を足していく。更に火が強まり、周辺の温度は上昇する。みるみるうちに、濡《ぬ》れた洋服が乾いていく。

「何か腹減ったよな」

落ち着くと、脳が空腹を訴えだしたのだろう。康太も国男と同じ事を考えていた。

「ずっと何も喰《く》ってないからな」

そう言うと、英紀が何かを思いだしたのか、コートの内ポケットをゴソゴソと探り、ある物を取りだした。

それは、まだたくさん残っているチューイングキャンディーだった。

「これ、みんなで分けよう」

国男は目を輝かせた。

「ナイスだよ英紀、もっと早く言えって」

「忘れてたよ。それどころじゃなかったしな」

個数は八個。英紀は、皆に二つずつ渡していく。四人は包み紙をとり、寒さで固くなっているキャンディーを口に入れた。その瞬間、口の中にジワリと甘さが広がった。四人はありがたそうに、キャンディーを味わう。せっかちな国男も、この時だけは最後まで嚙《か》まずにキャンディーを溶かしていた。

無論、これだけでは空腹は満たされないが、糖分を摂《と》ることで先ほどよりも頭の中が活発な働きを取り戻したように感じる。

皆、二つ目を口にする時、国男が懐かしそうに言った。

「そういえばさ、美希が転校してくる前、俺たち駄菓子屋でこうして色んな菓子を分け合って食べたよな」

康太の脳裏に、あの頃の映像が鮮明に蘇《よみがえ》る。

小学生でお金もなく、いつも買うのは十円や二十円の物ばかりであった。時折、国男が万引きしてきたりして、ハラハラしながら四人で駄菓子を食べたこともあった。

英紀はそうそうと頷《うなず》き、国男の言葉に続く。

「お小遣い貰《もら》った日はさ、カップ麺《めん》とか、ちょっと高いもの買って、あれは美味《おい》しかったよな」

「カップ麺か、懐かしいな」

と康太は呟《つぶや》く。今、駄菓子屋で売っているカップ麺を食べても美味しいと思わないだろうが、あの頃はカップ麺がご馳走《ちそう》で、格別に美味しかった。みんなと食べていたから、余計そう思ったのかもしれない。

昔を思い出していると、国男は悲しげな目をした。

「あれから何年経つんだよ。何か、アッという間だったな」

康太は過去を振り返る。

「ああ」

「みんなこの三ヶ月間、どうしてた？」

英紀は聞きづらそうに質問してきた。最初に答えたのは康太だった。

「俺は大学も行かずに加納を捜してた。って言っても、手掛かりがなかったからどうすることもできなかった。ほとんどは家に閉じこもっていたよ」

英紀は、

「そうか」

と呟き、自らの三ヶ月間を語った。

「俺は情けないけど、警察が来るんじゃないかって、ビクビクしてた。俺も大学には行ってない」

「俺だって正直、内心はビビってたよ」

国男はそう話した後、仁志に身体を向けた。

「仁志は……？」

仁志の異変に気づいたのはこの時だった。国男に声をかけられた仁志は反応を見せるが、意識が朦朧《もうろう》としているのか、視線が定まっていない。

「どうした仁志？　具合悪いのか？」

康太が心配すると、仁志はうっすらと笑みを見せた。

「ううん。ちょっと、眠いだけ」

しかし本当にそうなのだろうか。身体は十分に温まっているだろうし、服だって乾いただろう。なのに仁志の顔色は一向によくならないのである。

「熱でもあるんじゃないのか？」

康太が手を伸ばすと、仁志はそれを極端に嫌がった。反抗するような態度を見せるなんて珍しかった。

「大丈夫だよ。ちょっと疲れてるんだ」

ムキになっている仁志はそう言って立ち上がり、こちらに背を向けて小屋の扉を開けた。

「ごめん、先に寝るね」

いつもと違う仁志に、

「ああ」

と康太は少し戸惑った。明らかに様子のおかしい仁志に、三人は心配した。

「大丈夫かな仁志」

康太は深刻そうに呟いた。

「あいつはもともと体力が無いからな。体調崩すのも無理はねえよな」

と国男は言った。

「雨が相当効いたのかも」

英紀の言うとおりだ。雨の影響は大きいと思う。もし火が焚《た》けなかったら、大変なことになっていた。

それからしばらく三人は無言のまま、火の傍で温まった。

英紀も、仁志につられるように、突然立ち上がった。

「俺も少し休むわ。正直、まだ足痛むしさ」

「そうだな」

と返すと、英紀も小屋の中に入っていった。国男と二人きりになった康太は、集めておいた葉っぱを火の中に放っていく。

ふと空を見上げると、無数の星が輝いていた。流れ星に気づいたと同時に強風が吹き、燃えた葉が無造作に広がった。

国男は夜空を見ながら言った。

「俺たち、まさかこんな山に登っているとはな」

康太は国男を一瞥《いちべつ》する。

「想像もしてなかったよ」

「こんなにも手こずるなんて、思わなかった」

国男の言うとおりだ。自分たちはこの現在登っている神獄山を舐《な》めきっていた。もっとしっかりとした準備で臨むべきだった。

「とうとう明日《あした》だな康太」

国男の目が突然真剣になる。康太は国男と目を合わし、深く頷く。

「ああ」

「明日必ず、加納静香を見つける」

「もちろんさ」

「頂上にいてくれることを願うぜ」

国男の目と口調は殺意に満ちていたが、

「なあ康太」

とすぐに声の調子を和らげた。

「うん？」

彼は、康太の目を見ずに聞いた。

「もし、俺かお前が美希に自分の想いを告げてたら、俺たちどうなってたかな」

恋のライバルは、突然そんなことを言い出した。康太は少しドキリとしたが、

「どうって？」

と声に変化はなかった。

「俺はやっぱり、お互い直接想いを告げなくて良かったと思ってるよ。仮にどっちかとつき合うってなったら、俺たち昔のままではいられなかったろ。どっちかが離れて、英紀と仁志も輪からいなくなってたかもしれないな」

それは国男の言う通りだと思った。仮に国男と美希が恋人となったら、そんな二人を見るのが辛《つら》くて、自分はグループに居づらくなり離れていたろう。逆のパターンでもそうなっていたはずだ。

「もっとも、直接言わなくても美希は俺たちの気持ちに気づいていたとは思うけどな」

と国男は薄く笑って言った。

「態度には見せなかったけど、美希はどっちだったかな？」

そう言った康太はすぐに訂正したくなった。俺は自惚《うぬぼ》れていると思った。美希はどちらでもなく、あくまで二人は親友だったかもしれないし、英紀か仁志の可能性だってあった。

「さあね、わからねえや」

二人の間に沈黙が生まれた。互いに美希との記憶を蘇らせていた。静寂を破ったのは国男だった。

「ちょっと早いけどな、俺も明日に備えて少し休む。明るくなったら、即出発だぞ」

国男は言って立ち上がった。声が再び鋭くなっていた。

「分かってる」

「おやすみ」

康太は国男に背を向けたまま手を上げた。

「ああ。おやすみ」

一人になった康太はしばらくの間、燃えさかる炎を見つめていた。彼の顔は真っ赤に染まったようだった。

康太はふと、五合目の神社で拾った赤いお守りを手に取った。あれから何となく捨てられなくて持ち続けていた。自分が美希にあげたお守りに似ているからだろう。このお守りは自分たちとは全く関係のないものだが、持っていたら守ってくれるような、そんな気がするのである。康太はお守りをコートの中にしまい、燃えさかる炎を足で消した。

明日に備え、康太もそろそろ休もうと思っていた。現在、四人がいるのは六合目だ。つまり半分以上を過ぎたことになる。しかし油断はできない。この先も雪道が続いているはずだし、気温だってまだまだ下がるだろう。自分たちにはハンデがたくさんある。体力を回復させておかなければ、頂上に辿り着くのは無理だ。

火を消し終えた康太は、小屋の扉を開け、静かに部屋に入った。三人とも相当疲れていたのだろう、深い眠りに就いている。康太は自分のコートを毛布がわりにして横になった。下が床なので寝心地は最悪だが、当然、外よりはマシだ。康太は痛いのを我慢して、目を閉じた。

彼も皆と同じように疲れているので、すぐに眠りに落ちると思っていた。

康太は起こされたように目を開けた。

何だろう、この妙な胸騒ぎは。身体を休めようとしても、動悸《どうき》が強く波打つのである。

急に風が止み、外が異様な静けさに包まれた。

康太はハッと起きあがった。

今、外で足音のような、そんな音がしなかったか。

康太は三人を起こさぬよう、静かに扉を開けた。周囲にドアの錆《さ》び付いた音が響く。康太は生唾《なまつば》を呑《の》み、辺りを見渡した。しかし瞳《ひとみ》に映るのは、木々や他《ほか》の小屋だけである。一面に生えている草も不自然に折れている箇所はない。

気のせいであろうか。

疲労が溜《た》まりすぎて、幻聴が聞こえたのかもしれない。

康太は胸を撫《な》で下ろし、部屋に戻って念のために鍵《かぎ》を閉め、再び床に就いた。すると今度はすぐに深い眠りに就くことができた。

しかし悲しい夢を見た。

康太の目から一筋の涙がこぼれた。

過去　⑤

全《すべ》ての歯車が狂いだしたのは、この日からだった。

国男が横浜に帰ってきて約一年後の十二月十六日。

早いもので二〇〇六年も残り二週間となった。

横浜駅やみなとみらいはクリスマスムード一色で、夜には煌《きら》びやかなネオンが街中を彩る。康太は、街に飾られてあるツリーを見る度、心に誓っていた。

今年のクリスマスは美希をデートに誘うと。そして、今度こそ自分の気持ちを打ち明けると。

ただ、美希がデートをＯＫしてくれるだろうか、それが心配だ。タイミングが悪いことに、来年早々から大学受験が待ち受けている。美希は家計を気遣って、国立大学を目指すそうだ。康太は高校の付属大学を受けるので、彼女とはまた離ればなれになってしまうが、今度こそ、高校を卒業する前に自分の気持ちを美希に伝える。それは今日になるかもしれなかった。

土曜日のこの日、午前十一時に家を出た康太は、十一月分の給料袋を持って、美希の自宅に向かっていた。

告白を決意した途端、またしても極度の緊張に頭が真っ白になるが、もう逃げない。美希も病気と逃げずに闘っているんだ。こんなことでビビっていてどうする。

活を入れた康太は、美希のアパートに歩みを進めた。

部屋の扉をノックした。数秒の間が空き、良子の声がした。

戸部です、と康太は良子に告げた。

この日は少し様子が違った。良子はいつも嬉《うれ》しそうに返事をして扉を開けるのだが、なぜかこの日は微妙な間が空いた。

「戸部くん」

やはり何かあったのか、良子の顔は青かった。

挨拶《あいさつ》すると、良子は用件を急いだ。

「どうしたの？」

康太は茶封筒を取りだし、良子に差し出した。

「これ、十一月分です」

良子は気まずそうに封筒を受け取った。

「ありがとう」

康太は妙に静かな部屋が気になった。

「あの、美希はいないんですか？」

良子は急に何かを迷いだした。その姿に康太は嫌な胸騒ぎを感じた。

「どうしたんです？　美希に何かあったんですか？」

「そうじゃないの。そうじゃないんだけど」

たまらず康太は良子に問い詰めた。

「何ですか、教えてください」

良子は重い口を開いた。

「あのね、実は五日前に美希、急に倒れたのよ」

それを聞いて康太は気がどうにかなってしまいそうだった。

「本当ですか」

「でも大丈夫よ。今は落ち着いてるから」

そう聞かされても安心などできなかった。彼女の様子が気になってしかたなかった。

「どうしてもっと早く教えてくれなかったんですか」

「ごめんなさい。みんなに心配かけたくなかったのよ。先生も、すぐに退院できるって言ってたし」

「とにかく、これから病院に行ってきます」

「家のことが終わったら、私も行くから」

アパートを後にした康太は急いで国男たちに連絡を入れた。


いつもの公園で落ち合った四人は駆け足のまま病院内に入り、受付で美希の部屋を聞き、四階まで階段で向かった。

国男が美希の名前が書かれてあるプレートを見つけ、四人は急いで中に入る。

康太たちはすぐに、美希の姿を見つけることができた。しかし四人は安堵《あんど》することができなかった。

美希は寝たまま、長田の診察を受けていたからだ。四人を不安にさせたのはそれだけではない。美希の顔色と、痩《や》せこけた頰。随分と体重が落ちてしまったようだ。

良子は大丈夫と言っていたが、本当はよくないのではないかと疑ってしまうほどだ。康太の全身に嫌な汗が滲《にじ》む。長田に容態を聞くのが恐くなった。

「美希」

英紀が心配そうに声をかけると、美希はこちらを見て驚いた後、弱々しく微笑《ほほえ》んだ。

「何だ、バレちゃったか」

姿はどうあれ、そんな言葉が出るのだ。とりあえずは安心した。だがやはり力が出ないのであろう、声は掠《かす》れていた。

「お兄ちゃんたち誰？」

美希の姿しか目に映っていなかったのでずっと気がつかなかったが、長田の隣にいる看護師の前に、五、六歳くらいの男の子が立っていた。その子も美希と色違いの服を着ている。きっと同じ病室で仲良くなったのだろう。

「ねえ誰？」

男の子に服を引っぱられた康太は、美希にすがるような視線を送った。

「その人たちはお姉ちゃんのお友達。あとで自己紹介しようね」

「うん！」

康太は男の子に微笑みかけた後、不安そうに美希を見つめた。

長田は聴診器で心臓の音をチェックし、

「よし。順調だ。安静にしてるんだぞ」

と言って立ち上がった。

「ありがとうございました」

お礼を言う美希に長田は頷《うなず》き、康太たちを無視するように病室を出ていった。康太は病室を飛び出し、長田のあとを追った。

「先生」

呼び止めると、長田は看護師を先に行かせ振りむいた。

「久しぶりだね」

そんな挨拶などどうでもいい。普通にしている長田が腹立たしかった。

「いい加減にしてくださいよ。いつかこうなるんじゃないかって思ってました。一刻も早く美希の手術をしてください！」

取り乱す康太を長田は宥《なだ》める。

「落ち着きなさい」

康太は長田の手を振り払った。

「落ち着いてなんかいられるか！」

廊下に声が響き渡った。康太は少し声を抑えた。

「美希はどうなってしまうんです」

「私も辛《つら》いところなんだ。早く心臓移植の手術をさせてやりたいんだが」

「そんなこと言って、もう何年が経つんですか」

その通りだと思ったのだろう、長田は口を閉じてしまった。彼の落ち込む姿を見て、康太は反省した。長田をいくら責めたって仕方のないことなのである。

「お願いですから、早く美希の心臓をよくしてやってください」

康太は懇願した。

「分かってる。私たちを信じてくれ」

康太はもう一度、長田に低頭した。

「お願いします」

康太は長田の後ろ姿をしばらく見つめた後、美希の病室に戻った。

康太は部屋の入り口手前で明るい顔を作って病室に入った。

しかし皆、今まで自分と長田が話していたことくらい当然分かっている。美希が、恐る恐る聞いてきた。

「先生、何だって？」

康太は不安を抱かせぬよう、笑みを崩さずに答えた。

「大丈夫。任せてくれだって。心配ないよ」

それを聞いて国男たちは安心した顔を見せるが、美希は何かがひっかかっているような、そんな表情をしている。本当は悪いことを言われたのではないかと疑っているようだ。

「そうだ」

康太は男の子の存在を有り難く思った。これで彼女の気を紛らわせられる。

「美希、この子紹介してよ」

美希は自分の容態が不安で考えに没頭していたが、肩を弾ませて康太を見た。

「え？　うん、そうだったね」

と無理に笑顔を作る。

美希は男の子の頭を優しく撫《な》でながら彼の名前を教えてくれた。

「坂田《さかた》大地《だいち》くん。今年、小学校に入学したんだって。偶然一緒の日に入院してきたの。この子も私と同じで心臓が弱いみたい。でもすごい元気でね、私をいつも笑わせてくれたり、勇気づけてくれるの」

「そっか。大地くん、よろしく」

康太が手を差し出すと、大地は力一杯手を握りしめてきた。病人とは思えない力だ。

「お兄ちゃんたちは？」

美希は康太たちを見ながら大地に答えた。

「このお兄ちゃんたちはね、小学校からのお友達で、私が困っているときは、いつも助けに来てくれる、私にとってはヒーローみたいな存在かな」

大地は、

「ヒーロー？」

と首を傾《かし》げた。意味が分かっていないようだ。「簡単に言えば、ウルトラマンかな」

それで意味は通じたみたいだが、大地は康太たちをジロジロと見つめ、

「全然そんな風に見えない」

と正直な意見を言った。

康太は、生意気なガキめ、と心で呟《つぶや》いた。

「それでもお兄ちゃんたちはすごいんだよ。今まで何度も助けてもらったんだから」

美希がフォローすると大地は、

「ふーん」

と頷くものの、納得したのか、していないのか、微妙な反応を見せた。

「お兄ちゃんたちの名前は？」

大地に聞かれた美希は、仁志、英紀、国男、康太の順で名前を教えていった。

「おい大地、お前も美希に何かあったら助けてやってくれよ」

国男が大地に頼むと、美希は複雑そうに言った。

「実は大地くん、明日で退院なのよ。寂しくなっちゃうけど、嬉《うれ》しいことよね」

それを聞いて、仁志は大地の目線まで屈《かが》み、

「よかったね」

と言葉をかけた。

「美希はいつ退院できるんだ？」

英紀の問いに、美希は首を傾げた。

「分からないけど、もう少しで、できると思う」

「退院したいんだったら、もっといっぱい食べて体力つけないとな」

康太が強く言うと、美希は肩を竦《すく》めた。

「あまり食欲なくて」

「それでも食べなきゃダメだろ。大分、痩せてきてるじゃねえか」

美希は反省したように、

「はい。わかりました」

と返事した。

「そうだよお姉ちゃん。退院したら一緒に遊びに行くんでしょ。だから早く退院してよ」

大地のその言葉に康太は目を丸くした。

「そうなの？」

「うん。約束したの。二人が退院したらどこかに遊びに行くってね」

「じゃあ、俺たちも行くか」

国男が意気込むと、美希は大地に確認した。

「お兄ちゃんたちも連れて行っていい？」

大地は腕を組み、

「仕方ないなぁ」

と憎たらしく言った。

「このガキ」

英紀が思わずそう洩《も》らすと、病室に笑いが起こった。

「美希、早く退院して、大地くんとの約束守らないとな」

康太が言い聞かせると美希は、

「うん」

と元気良く頷いた。

この様子なら、すぐに退院はできるだろう。それよりも康太が願うのは、早く美希の手術日が決まることであった。これ以上、美希を苦しめたくなかった。


それからちょうど一週間後の十二月二十三日、クリスマスイブの前日で、天皇誕生日のこの日、三日前に退院した美希は、病室で知り合った大地と一緒に出かけることになった。

康太たちは、あくまで二人の『お供』である。今日の主役は大地だということは皆わかっているので、康太たちは大地のために一所懸命、楽しませるつもりでいた。

ただ、元気そうに見えるとはいえ、大地も心臓にハンデを抱えている。美希だって退院したばかりなので、今日はのんびり、野原でピクニックをすることになった。

康太たち四人が美希のアパートに到着したのは午前八時半だった。国男がノックすると、中から美希の嬉しそうな声が聞こえてきた。

「ちょっと待ってて」

まだ準備が終わっていないようで、美希は部屋の中で慌てている様子だ。

間もなく、白いコートを羽織った美希が、

「ごめんごめん」

と言って外に出てきた。

一週間前はあまり体調がよくなさそうだったが、康太は彼女の姿を見てひとまず安心した。

「ほら美希。これ持って行くんでしょ」

中から良子が顔を見せ、四人は挨拶《あいさつ》した。

「みんな、今日はお願いね」

良子は康太たちにそう言って、美希にバスケットを手渡した。

英紀はバスケットを指さし、美希に尋ねた。

「おい、何だよそれは」

美希はニコリとし、

「今日はね、お弁当作ったんだ」

と言った。それを聞いた国男と英紀は声を上げて喜んだ。康太はそれだけで頬を赤らめた。

美希の手作り弁当なんて、初めてだ。中に何が入っているんだろうと思うと胸が高鳴った。

「どうしたの、コウちゃん」

美希と目が合った康太はうまくごまかした。

「いや、何でもない。それより早く行こうぜ。大地と約束した時間に遅れちゃうよ。アイツ、一分でも遅れたらうるせえぞ、きっと」

「確かにそうだね」

と仁志は苦笑した。

国男は美希からバスケットを受け取り、

「よし、出発だ」

と歩き出した。

「みんな、お願いね」

康太は良子に力強く返した。

「任せてください」

五人が、待ち合わせ場所である『みなとみらい駅』に向かう途中、英紀が今日の主役である大地について美希に尋ねた。

「アイツ、家はどこだっけ？　さすがに一人ではみなとみらいまでは来られないだろ。家に迎えに行かなくていいの？」

「駅までお母さんがついてくるって。だから大丈夫だよ」

「なるほど」

国男は右手をグルグルと回しながらこう言った。

「俺は大地とキャッチボールする約束をしたんだ。アイツがどんな球投げられるか、お手並み拝見だぜ」

やる気になっている国男に美希はすぐに注意する。

「激しい運動はダメだからね。程々にしてよ」

「大丈夫。分かってるって」

「心臓が悪くなかったら、みんなで走り回ったりできるのにな」

と英紀が残念そうに言った。

「アイツは少し生意気だから、鍛えてやりたいとこだけどな」

と康太が言うと仁志は、やれやれといった顔で言った。

「生意気だからこそ、可愛いんだよ。ね、美希ちゃん」

「そうだね」

「そうか？」

と康太は納得いかなかった。

「本当にコウちゃんは大人げないんだから」

美希が言うと、国男たちはクスクスと笑った。

「別に。そんなことねぇよ」

康太は口を尖《とが》らせて言った。妙にムキになっているのを自覚した。

数分後、最寄りのバス停についた五人は、ベンチに座ってバスを待った。バスは時刻通りにやってきた。五人は後ろから乗り、一番後ろの長椅子に横一列に座った。間もなく車内にアナウンスが流れ、バスはゆっくりと動き出した。そして終点、『みなとみらい駅』に進んだ。

約束よりも五分ほど早く康太たちは『みなとみらい駅』のバスターミナルに着いた。ここでまた違うバスに乗って目的地である八景島《はっけいじま》シーパラダイスに向かう。

仁志はランドマークタワーやコスモワールドを眺めながら、

「バスターミナルで大丈夫なの？」

と美希に尋ねた。美希は心配ないというように頷《うなず》いた。

「お母さんに、バスターミナルって言ってあるから大丈夫。分かると思うよ」

その後、五人は会話を交わしながら大地が来るのを待った。

しかし、何かあったのだろうか。十五分が過ぎても大地は現れる気配がない。

「おいおい何やってんだよアイツは。まさか忘れてるんじゃねえだろうな」

国男は寒さに身を縮めながら愚痴をこぼす。

「きっと、寝坊でもしたのかな。あの子、寝起きあまりよくなかったし」

「全く、本当に生意気なガキだ」

と康太は文句を言いながらも、内心では心配していた。駅の方を見ているのだが、やはり大地は現れない。

それから、更に三十分が過ぎた。

さすがの美希も、我慢しきれなかったようだ。

「コウちゃん、ちょっと携帯かして。電話してみるね」

康太は美希に携帯を渡し、

「何時だよ」

と腕時計を確かめる。

康太たちが時計に目を奪われていたその時だった。

携帯の番号を押していた美希は、

「お姉ちゃん」

という大地の声に反応した。

瞬間、美希の右手から携帯が落ちた。

「大地くん！」

美希のただならぬ声に反応したときには、もう遅かった。

美希の姿を発見し、あまりの嬉《うれ》しさに興奮した大地が、母親から離れ道路に飛び出したのだ。乗用車が突っ込んできていることも知らずに、だ。

美希は駆け出していた。康太の声はバスのエンジン音にかき消された。いや、どちらにせよ今の美希には届かなかったろう。美希は夢中で道路に飛び出した。

タイヤの鳴る音と女性の悲鳴が周囲に響いた。

康太は思わず目をそらしていた。

そっと目を開けると、向こう側の歩道に美希と大地が倒れていた。

「美希！」

四人は急いで道路を渡り、二人に駆け寄る。

美希の身体に異変が起きていた。

横倒れになった美希は、胸に手を当てもがき苦しんでいる。車との接触は免れたようだが、呼吸が異常なほど速い。汗の量も尋常ではない。顔も一瞬のうちに青くなった。

見るからに危険な状態にもかかわらず、康太たちは頭が混乱してしまい慌てふためくばかりであった。

「お姉ちゃん、お姉ちゃん」

大地が呼びかけても当然美希は反応できない。

大地はその場に立ちつくす康太に泣きついた。

「お姉ちゃんを助けてよ！　助けて！」

やっと我を取り戻した康太は美希の鞄《かばん》から錠剤を取りだし、それを美希に飲ませようとする。が、発作が強すぎて飲ませることができない。薬を諦《あきら》めた康太は携帯を取ろうとポケットを探る。しかし、あるはずの携帯がないのだ。

美希に渡したままだと気づいた康太は、国男から携帯を奪い取り、一一九番をプッシュした。しかし、混乱する康太は舌が回らず、うまく相手に説明できない。それでも何とか場所と美希の容態を伝えた。

通話を切った康太はその場に正座し、震えた手で美希の左手を握りしめた。

「美希、もう少しで救急車来るから。お願いだから、お願いだから頑張ってくれ」

約十五分後、救急車のサイレンが聞こえてきた。

気が動転していたせいか、救急車が到着してから国立総合病院に着くまでの十五分間はよく憶《おぼ》えていない。

頭に残っているのは、救急車の中で苦しむ美希に必死に呼びかけていたことくらいで、気がつけば美希はストレッチャーで運ばれていた。

「美希、おい美希。しっかりしろよ」

病院の廊下に、康太たちの呼びかけと美希の激しい呼吸が交差して響く。廊下を走ってやってきた長田は四人をどけるようにして美希の前に立ち、ストレッチャーを運んでいく。長田は看護師たちに迅速な指示を飛ばす。

「先生」

康太がすがるような声を洩《も》らすと、長田は四人をキッと睨《にら》み付けた。

「君たちがついていながら、どういうことだこれは！」

四人はその場に立ち止まってしまった。美希の姿がだんだんと離れていく。その光景が恐くなった康太は立っていられなくなり、膝《ひざ》から崩れ落ちた。

なぜあの時、美希よりも先に大地に気がつかなかったのだと、康太は激しく後悔し自分を責めた。

今は美希が助かることを願うしかなかった。

現在 ⑥

「康太、おい康太。どうした」

飛び上がるようにして起きた康太は、ここはどこだと辺りを見渡した。

目の前には、驚いた表情を浮かべる国男がおり、英紀と仁志も心配そうに覗《のぞ》き込んでいた。

息を荒らげながら額の汗を拭《ぬぐ》った康太は一息吐き、

「夢か」

と呟《つぶや》いた。小屋は冷え切っているはずなのに、康太一人が熱を帯びていた。

「悪い夢でも見たのか？　かなり魘《うな》されてたぞ」

康太は夢を思い返し頷《うなず》いた。

「ああ。ちょっと」

夢から覚めた今でも心臓がバクバクとしている。

「今、何時？」

康太は気を紛らわそうと国男に尋ねた。

「六時半だ」

曇りガラスなので外の景色は分からないが、外は明るくなっているようだ。しかし、陽が出ている様子はない。今日も天気はあまりよくなさそうだ。雨が降らないことだけを祈る。

「そうだ英紀。足の方は大丈夫か？」

康太が確認すると、英紀は痛めた足首を動かした。初めは恐る恐るだったが、痛みが和らいでいるのか、徐々に様々な動きを足していく。ある程度、足を動かしてみた英紀は、

「大丈夫そうだ」

と答えた。

「そうか。よかった」

ただもう一人、心配な人物がいた。昨夜、一足先に小屋に戻ってしまった仁志だ。彼は、ただ疲れただけだと言っていたが、やはり具合が悪かったのではないか。顔色はあまりすぐれないし、少し怠《だる》そうだ。

「仁志は、行けそうか？」

仁志は、愚問だというように、

「何言ってるの。当たり前でしょ」

と答えた。だが体調が万全でないのは明白である。

彼自身の判断に任せて大丈夫だろうか。こればかりは分からない。

「あまり、無理するなよ」

結局、一人置いていくこともできず、康太はそう言葉をかけていた。

それから約十五分間、四人はそれぞれ小屋の中で入念に身体をほぐし、山登り再開の準備を整えていった。この先、雪道が続く。昨日よりも進みづらくなるのは必至だ。更に気を引き締めなければ大事故の可能性だってある。

ストレッチを終えた国男は時間を確認し三人に言った。

「そろそろ行くか」

先頭にいた国男が鍵《かぎ》を開け扉を開けると、冷たい風が吹き付けた。

「朝は随分と寒いな」

そう言いながら国男は壁に立てかけておいた木の棒を手に取り外に出る。康太たちも身を縮めながら外に出た。

進行方向に身体を向けた国男は、雪交じりの道をじっと見据え、口を開いた。

「頂上まであとどれ位か分からねえが、半分以上は来てるんだ。気合い入れてくぞ。必ず加納を見つけるんだ」

四人は真剣な目でお互いの顔を見合い、そして力強く頷《うなず》いた。

国男が一歩目を踏み出した。配列は昨日と同じである。最後尾にいる康太も歩みを始めた。

時計の針は午前七時をさしている。これだけの時間があれば今日中に頂上には着ける。問題は加納静香がそこにいるかである。女が頂上にいることを信じて康太は先を進んでいく。だが二日目の登山が始まって早々、康太は足を止めた。遠い先の樹木の陰に、人影を見た気がしたのである。

それは眼の錯覚ではなかった。

そこから黒い影が現れた。やはり人が隠れていたのだ！

山にパンと乾いた音がした。

と同時に先頭にいた国男が吹っ飛ばされた。

一瞬の出来事に英紀と仁志は呆然《ぼうぜん》と立ちつくした。倒れた国男の右腕から、少量の血が地面に垂れた。康太は、今のが銃声だったことにようやく気づいた。

「国男！」

康太は急いで国男の元に駆け寄るが、それを許さないというように康太の足下の土がえぐれた。もう一発撃ってきたのである。三発目は仁志の傍であった。目の前の白い石が粉々に割れ舞った。一拍遅れて仁志は尻餅《しりもち》をついた。

「お、おい！」

康太は国男の元に急いだ。傷は浅いようだが、倒れた際に頭を打ったのだろう、国男は意識が朦朧《もうろう》としている。

康太は、血の流れる国男の右腕と遠い先にある樹木とを見比べた。康太は、黒いダウンジャケットを羽織った男が去っていくのを見た。男は一瞬こちらを振り返った。

康太は何とか男の顔だけは確認しようとした。が、相手はニット帽を目深に被《かぶ》っていたので、素早く坂を登って行ってしまったので全く顔が見られなかった。

「あの野郎！」

追いかけようとする英紀の腕を仁志が摑《つか》んだ。

「まずいよ。相手は銃を持ってるんだよ」

仁志は叫ぶように言った。

銃という言葉が英紀を止めた。

「くそ！」

と彼は舌打ちした。

男の姿を目で追う康太は昨夜の出来事を思い出した。

まさか昨夜の不気味な足音をたてたのはあの男であろうか。

やはりあれは聞き違いではなかった。男は一晩中、こちらを見張っていたということか？

しかしなぜだ？　命を狙っていたのだとしたら、殺す機会はいくらでもあったはずだ。

あの男は一体何者だ！

ようやく国男が上半身を起こした。

「何だ、今のは」

国男は手で頭をおさえながら言った。彼はまだ自分が撃たれたのを認識していないようだった。

「だ、大丈夫か国男」

康太は彼の肩に手をやった。

「ああ。傷は浅い。大丈夫だ」

康太は自分のハンカチを国男の右腕に巻き付けた。

「わるいな康太」

「それよりアイツ、一体誰なんだ」

英紀の言葉に、国男は過敏に反応した。

「誰って、どういうことだよ」

英紀は一本の木を指さした。

「あの木に隠れてやがった。すぐに登っていったよ」

「どうして追わねえんだ！」

　康太は首を小刻みに振った。

「無茶だ。相手は銃を持ってるんだ」

「銃だと？」

と呟《つぶや》き、国男は自分の傷を確認した。銃で撃たれたと知った途端、彼の顔は少し青くなった。

「もしかしたら、加納静香と関係しているんじゃないか？」

と三人に言った康太の脳裏をある男の顔が掠《かす》めた。

「そうだ、きっとあいつだ。野間口《のまぐち》だ」

「野間口だと？」

国男は驚いたような声を上げたが否定はしなかった。その線が最も濃厚だと彼も思っているに違いない。

　康太は、男の消えた方に視線を向けた。

「その可能性は高い。加納の仲間でなければ銃なんて撃ってくるはずないだろ」

「確かに」

　と仁志が同調する。

「奴が野間口だとしたら、加納静香を俺たちから助けようとしてるんじゃないのか」

と英紀は言った。

康太は頷いた。

「きっとそうだろう」

「ふざけるな！」

国男は表情に怒気を表し立ち上がった。

「だったらもたもたしていられねえ。奴を追うぞ」

「でも少し休んだ方が」

国男は康太の手を振り払った。

「グズグズしてられるか。行くぞ」

「せめて血が止まるまで」

「うるせえ」

今の国男には何を言っても無駄だった。彼は焦っていた。その理由は一つである。何としても加納を殺したいからである。

「どこへ消えやがった」

また撃たれるのではないかと恐れる三人とは対照的に、国男は鬼気迫る表情で山道を登っていく。傷は浅いとはいえ、激痛が走っているのではないのか。それでも国男は歩くのを止めない。

しかしいくら進んでも男の姿は発見できなかった。康太はビクつきながら後ろも確認するが男が隠れている気配はない。

康太は、あの一瞬の出来事をもう一度振り返った。

あの男は野間口に違いない。

だが冷静になると、別の考え方もあることに気づいた。あの男が加納の味方だと決めつけるにはまだ早い。

加納静香という女を憎み恨んでいるのは四人だけではないかもしれないではないか。

もしかしたら数百、数千の人間が加納の死を望んでいるかもしれない。あの男も、加納静香を殺そうとしている一人かもしれないのだ！

過去　⑥

道路に飛び出した大地を助けた結果、心臓発作が起こってしまった美希は、長田の迅速な処置のおかげで、何とか一命をとりとめることができた。

しかし助かったとはいっても弱っている心臓に大きなダメージを与えたのは事実で、いくら長田が優秀とはいえその事実を変えることはできず、何日が経過しても美希は昏睡《こんすい》状態から目覚めることはなく、ただ辛うじて息をしているだけの状態であった。少しずつ悪くなっているのは明白だった。

康太たちは連日、美希のお見舞いに行き、その帰りに近くの神社で美希の命が助かるのを願った。その祈りが通じたのか、十日後に美希は意識を取り戻した。しかし、彼女はほとんど喋《しゃべ》ることができず、微《かす》かな反応を見せるので精一杯といった様子で、その日はすぐに目を閉じ、再び深い眠りに就いてしまった。

その後も四人は毎日毎日、美希を見舞い、励ましの言葉をかけ、神社で祈り続けた。が、彼女の身体は一向に回復する兆しを見せない。意識があるといっても、うっすらと目を開け、一言二言喋り、あとはこちらの会話にコクコクと頷《うなず》くだけで、すぐに眠りに就いてしまう。集中治療室からこそ出られたものの、死と隣り合わせの美希を連日目の当たりにしていた四人の精神状態は限界を超えていた。考えてはならないことだが、いつ何が起こるか分からないと無意識に思ってしまい、そのせいで夜も眠れない。身体疲労も蓄積されていく一方だったが必死に美希と一緒に闘った。

そんな日々が、約一ヶ月続いたある日のことだった。

いつものように四人は美希の眠る個室に入った。この日は、良子が先に見舞いに来ており、その隣で長田が美希の容態をチェックしていた。

誰も良子と目を合わせられない。ただ頭を下げるだけで、口も開けない。美希がこんなことになってしまったのは自分たちのせいである。康太たちは申し訳なくて、顔も上げられなかった。

責任を感じる四人に、良子は優しく声をかけた。

「いつもいつも、ありがとね」

その温かい言葉に、康太は涙が出そうだった。

「いえ」

「さっき起きて、少し喋ったんだけどね、また眠ってしまったわ」

四人は顔を上げ、美希の傍に歩み寄る。

身体中に管が通され、口には酸素マスクがあてられている。そんな彼女を見る度、心が痛む。代わってやれるなら代わってやりたい。

康太は、青白い美希の顔を見つめながら、良子に謝った。

「おばさん、ごめんなさい。僕たちがついていながら、こんなことに。僕たちが先に、大地が飛び出していることに気づいていれば美希は」

良子は静かに首を振った。

「もうそんなに自分を責めないで。みんなは悪くないわ」

「でも」

国男は悔しそうに拳《こぶし》を握りしめた。良子は国男の肩にそっと手を置き、皆に言い聞かせた。

「大丈夫よ。信じるの。美希はこんなんじゃ負けない。絶対に負けないわ」

「分かってます」

康太が返事した直後だった。病室の扉が開いた。そこには、大地と大地の母が立っていた。

大地の母は、良子に深々と頭を下げた。

「お見舞いありがとうございます」

良子は丁寧に返す。康太と仁志も軽く挨拶《あいさつ》した。国男と英紀は、親子を睨《にら》み付けるような目で見据えている。

「お姉ちゃん」

元気のない声で大地は美希に近づく。そして悲しそうに美希の顔を見つめる。大地も、責任を感じているようだ。

「美希ちゃん、どんな様子ですか？」

大地の母親にそう尋ねられた良子は美希を一瞥《いちべつ》し、

「また、眠ってしまいました。ずっとこんな調子です」

と答えた。

「本当に、申し訳ありません」

涙を浮かべて謝る大地の母親に良子は言葉をかけた。

「頭をあげてください。美希は大丈夫です。大地くんの命を救ったんです。きっと神様が美希を助けてくれます」

「はい」

二人のやり取りを聞いていた国男が美希の顔を眺めながら喋りだした。

「大地と初めて会った時、美希は俺たちのこと、ヒーローとか言ったけど、そんなんじゃねえ。俺たちは肝心なときに、美希を助けてやれなかった」

国男が言った後、長田は黙って部屋から出ていった。それを見た良子も部屋を出た。康太は二人の会話が気になり、扉を開けて二人の後を追った。

長田と良子は三階の踊り場で足を止めた。

「先生、実際はどうなんですか？　まだ手術はできないんですか」

長田は心底辛《つら》そうな表情を浮かべた。

「正直、一刻を争う状態なのですが、ドナーが見つからないんです」

「じゃあどうすればいいんですか。このまま美希はどうなるんですか」

「このままだと」

長田はそこで言葉を止めた。

「とにかく、全力を尽くします。私たちは待つしかないんですよ」

そう言って、長田は階段を下りていった。死の宣告に近い言葉を受けた良子はその場に呆《ぼう》然《ぜん》と立ちつくし、康太も頭が真っ白になってしまい、しばらく動くことができなかった。

焦りと不安と恐怖が同時にこみ上げ、康太は悪い考えをかき消すように、廊下を思いっきり走った。

その時、曲がり角から急に現れた男性と激しくぶつかり、康太は尻餅《しりもち》をついた。

「すみません」

謝っても男は何も言わずに行ってしまった。すぐに立ち上がった康太は手洗い場に立ち、蛇口を目一杯捻《ひね》った。冷たい水で顔を洗う。康太は流し台を叩《たた》いた。

「何でだよ!」

どうして美希なんだ。こんなに生きたいと願っているのにどうして。

「おかしいじゃねえか」

誰でもいい。美希を助けてやってほしかった。

流れる水をぼんやりと見つめる康太は、女性に声をかけられハッとなった。

「どうしました？　大丈夫ですか？」

振り返るとそこには、スーツを身にまとった髪の長い女性が立っていた。

まだ若いのであろうが顔は大人っぽくスタイルが良い。スーツを着ているからだろうか、仕事ができそうな雰囲気を感じる。

「よかったら、これで顔拭《ふ》いてください」

女性はポケットからピンクのハンカチをとりだし、それをこちらに渡してきた。

その気遣いに康太は戸惑うが、断るのも悪いと思ったのでハンカチを受け取り、濡《ぬ》れた顔を遠慮がちに拭《ぬぐ》った。

「あの、僕に何か？」

尋ねると、女性は名刺を渡してきた。

『加納静香』

とある。

対応に困っていると、

「桜田、美希さん」

と突然、加納は美希の名前を口にした。

「美希の、知り合いですか？」

「いえ。いけないとは思ったんですが、みなさんが病室で話しているのを偶然にも聞いてしまいまして」

「話？」

「ええ。桜田さん、心臓がお悪いようですが？」

精神的に不安定だった康太はきっとなった。

「アンタに関係ないでしょ」

「すみません。そういうつもりじゃ」

「何なんですかアンタ」

興奮する康太に、加納は単刀直入に言った。

「いきなりで失礼ですが、海外で心臓移植手術を受けられる話があるのをご存じですか？」

それを聞いた瞬間、康太の表情がガラリと変わった。

「それ本当ですか？」

「はい。日本でドナー待ちをしていてもいつ手術ができるかなんて分かりません。それまで、大事な家族や友人が苦しみ続けることになります。私たちは、移植を受けたくても受けられない方たちを助ける仕事をしています」

加納はバッグから一枚のパンフレットを取りだした。

「ハートスペア21？」

その下には、『病に苦しむ人達のために』と書かれてある。

パンフレットを受け取った康太は、夢中でページをめくった。

そこには、移植手術している様子の写真や、元気いっぱいに遊ぶ子供たち、そして家族で幸せそうに笑い合っている写真などが載せられており、その下には様々な説明文が書かれてある。

康太は、食い入るように中身を見た。この会社の移植手術で助かった人は大勢いると書かれてあるのだ。

「本当に、移植できるんですか？」

「もちろん百パーセントではありません。ですが、さっきも言ったように、移植の可能性を高めることはできます」

迷う必要なんてなかった。断る理由がない。美希の容態は一刻を争うのである。康太は加納に頭を下げた。

「是非お願いします。美希にはもう時間がないんですよ」

加納は任せてくれというように力強く頷《うなず》いた。

「わかりました。でしたら一度、私どもの事務所に来ていただいて、もう少し詳しくお話を伺わせてもらってよろしいですか？　こちらからも細かい説明がありますので」

康太は途中から頷いていた。

「もちろん。もちろんです」

「ご都合の良い日はございますか？」

そう言って加納静香は手帳を取りだした。それを見て康太は遠慮がちに聞いた。

「今すぐではだめですか？」

加納静香に驚いた様子はなかった。ドナー待ちをする患者の関係者の焦る気持ちは誰よりも知っているのだろう。

「かしこまりました。それでは事務所の方へご案内させていただきます」

康太は軽く手を上げた。

「ちょっと待っててもらってもいいですか？　彼女の母親を呼びに行ってきます」

「分かりました。では私は、病院のラウンジでお待ちしております」

加納静香は頭を下げて階段をおりていった。彼女の姿がなくなると、康太はパンフレットを握りしめ皆のいる病室に急いで戻った。

祈りが通じたのか、やっと希望の光が降り注いできた想いであった。美希が助かるかもしれないと、康太の胸は高鳴っていた。

病室に良子の姿はなく、一度戻ってきたのだがすぐに仕事に向かったと仁志が教えてくれた。それなら仕方がない、とりあえず今日は四人で加納の話を聞きに行こうと康太は決めた。

この場で先ほどの心臓移植の話を国男たちに聞かせようと思ったのだが、病室にはまだ大地と母親がいたので、康太は理由を明かさず三人を病室から連れ出した。

「おいおい、一体何だっていうんだ」

国男が後ろからしつこく聞いてくる。

「いいからいいから」

康太の声はひとりでに弾み、胸は期待に膨らんでいた。

「どうしたんだよ急に」

と英紀は不思議そうに聞いた。

「良い報告があるんだ」

康太が言うと三人は顔を見合わせ首を傾げた。

「来れば分かるよ」

一階に下りた康太は三人をラウンジに連れていった。すると中にいた女性が立ち上がってこちらに頭を下げたものだから国男たち三人は戸惑った。

康太は彼女の横に立った。

「紹介する。加納静香さん」

加納静香は頬を緩め挨拶《あいさつ》した。

「どうも初めまして」

三人は一応頭を下げた。国男は康太に歩み寄り、

「おい、誰だよ」

と小声で聞いた。

康太は国男にパンフレットを差し出し説明した。

「三人とも喜べ。美希の心臓移植手術ができるかもしれないぞ」

パンフレットに視線を落としていた三人が同時に顔を上げた。

「それ本当か？」

国男が大声を上げた。

「ああ、加納さんはドナー待ちをしている患者を助ける仕事をしているそうだ」

それを聞き、三人は再びパンフレットに目を通す。ページをめくる彼らの顔は期待に満ち、
全身は段々と熱を帯びているようだった。

「本当に美希ちゃんの手術ができるんですか？」

仁志の問いに加納は自信をもって言った。

「はい。できます」

「なら早速頼むよ。美希はどんどん弱っていってるんだよ。このままじゃ危ないんだよ。なあ、頼むよ」

国男は加納静香の肩を摑《つか》み、目を真っ赤にさせて懇願した。

「落ち着いてください」

と彼女は言った。

「みなさんここでは細かい説明もできませんので、事務所へご案内いたします。一刻を争うのは重々承知しておりますが、この場ですぐにというわけにはいきません。きちんとご説明をして、契約等の手続きもしなければなりませんから」

我に返った国男は加納静香から離れた。

「加納さん、お願いします」

康太は落ち着いた声の調子であったが平静を装っていただけだ。内心、一刻も早く美希の心臓移植手術の手続きをとりたいと焦っている。

「ではみなさん、こちらです」

加納静香は先頭に立ち、康太たち四人を事務所に案内した。

事務所は国立総合病院からタクシーで十分ほどの距離であった。相鉄線『平沼橋駅《ひらぬまばし》』のすぐ目の前の真新しい白いビルの二階に『ハートスペア21』とあった。

事務所の扉を開いた加納静香は、

「どうぞ」

と四人を中に招き入れた。

事務所は三十畳ほどの広さでデスクは四つ置かれている。部屋の隅には革張りの大きなソファ二つとテーブルがあるが、依頼者との相談の時に使っているのだろうか。壁にはパンフレットの表紙と同じ写真のポスターが貼られてあったり、加納静香や他の社員が白衣を着た医者と握手している写真が所々に飾られてある。

「さあ、どうぞ」

彼女は奥に進んでいき、革張りのソファを示した。四人は遠慮がちに腰掛け、ソワソワと事務所内を見渡した。

「野間口くん」

加納静香が別の部屋に向かってそう呼ぶと扉が開いた。出てきたのは彼女と同い年くらいの男性だった。中肉中背の彼は血色が良く、スーツをびしっと着こなした清潔感のある男だった。

「お客様にお茶を」

「はい」

このやり取りからすると、加納静香の方が年上、もしくはキャリアが長いらしかった。

四人の前にお茶が運ばれた。男はお盆を持って下がるとすぐにこちらに戻ってきた。

「初めまして、野間口と申します」

と言って『野間口浩《ひろし》』と印刷された名刺を差し出した。康太たちは頭を下げて丁寧に名刺を受け取った。

「野間口くん、パンフレットを三部持ってきてくれる」

加納静香に指示された野間口は急いでパンフレットを持って戻ってきた。加納静香は、国男、英紀、仁志の三人にそれを渡した。

四人は改めてパンフレットを一から読んでいった。

「私どもの団体は全国に七支部あり、ここは横浜支部です。本部は東京の日本橋《にほんばし》にあります」

康太はパンフレットを見ながら加納静香の説明を聞く。

「私どもはこれまで、臓器移植手術を望む数多くの患者さんを救ってきました。その実績が私たちの自信に繋《つな》がっております」

康太は安心するように二、三回頷《うなず》いた。

「質問してもよろしいでしょうか？」

加納に言われ、康太はパンフレットから視線を上げた。

「はい」

「桜田さんは生まれつき心臓が弱いのでしょうか？」

「はい、そのようです」

「なるほど。年々心臓機能が低下している、といった具合ですね」

「その通りです。小学生の時はそれほど深刻ではなかったのですが、中学の後半くらいから歩いているだけで苦しそうな様子を見せたり、突然倒れたりし始めて、ついこの間、道路に飛び出した子供を助ける際に」

その先は辛《つら》くて言えなかった。

「そうでしたか」

「僕たちは何年もドナーが現れるのを待ちました。でも一向にドナーは現れてくれなくて、美希の心臓は弱っていくばかりで」

「みなさん、自分に合ったドナーと巡り合えずに苦しんでいらっしゃいます。特に日本は脳死のドナーの方からしか移植ができませんから」

「僕たちは手術の準備が調った時のために必死になって働きました」

康太の言葉に加納静香は意外そうな顔をした。

「みなさんがですか？」

「はい。手術には莫大《ばくだい》なお金がかかると言われたものですから。どうしても美希を助けたくて」

その話を聞き加納静香は感動したのか、少し目を潤ませて言った。

「では私どもにお任せください」

そこで仁志が疑問をなげかけた。

「すぐに手術ができるのでしょうか？　何年も待ってドナーが現れなかったのにどうして」

加納静香は分かりやすいように教えてくれた。

「私どもの団体は日本ではなく、海外の保健機関と密接な関係にあります。毎日多くのドナーがリストにあがってきますので、日本よりも早く手術を行うことができるのです」

「なるほど」

と仁志は納得するように頷いた。

「なら早速手続きを進めてください」

と英紀が言うと、なぜか加納静香の表情に曇りが生じた。

「どうしました？」

何か不都合があるのだろうかと、康太は心配になった。

加納静香は申し訳なさそうに言った。

「すぐに桜田さんに合うドナーが見つかったとして……契約するには契約金が必要です」

それを聞き康太は安心した。

「それくらい分かっています。そのために今まで働いてお金を貯めてきたんです」

それでも加納静香は伏し目がちだった。

「で、いくら払えばいいんだ」

と国男が聞くと、加納静香は一拍置いて口を開いた。

「二千万円、必要になります」

その金額を聞いて国男は立ち上がった。

「二千万？」

眩暈《めまい》がするほどの数字に康太は力が抜けた。

「二千万、ですか」

「手術費はもちろん、渡航費や術後の入院費、更に退院した後、定期的に検査等を受けなければならないので、それくらいかかるのですよ」

加納静香は言わないが、きっと海外の保健機関と提携している金も含まれているんだろうなと康太は推量した。最初は二千万円という数字に頭の中が白くなったが、冷静に考えるとその金額は妥当なのかもしれない。

加納静香は更に言った。

「申し上げにくいのですが、日本には移植を望んでいる人たちがたくさんいらっしゃいます。私どもの団体には日々多くの相談者がいらっしゃいますので、一日も早いご契約が手術を早めることにつながります。ただ、確認書等をきちんとご覧いただき、改めてご本人はもちろん、ご家族とも相談しないと」

四人はトドメの一撃を受けた想いであった。

「そうですか」

と仁志は力無く呟《つぶや》き、康太は肩を落とした。

絶望的だった。

そんな短い日数で二千万なんて額、用意できるはずがない。これまで百万を超える金を良子に渡してきたが、それでも全然足りない。

だからといって諦《あきら》めるわけにはいかなかった。美希には時間がないし、こんなチャンスはもう二度とない。

しかし金はどうするのだ。

迷っていると国男が了解した。

「分かったよ。何とかするよ」

「国男！」

隣にいる英紀が国男の袖《そで》を引っぱった。彼はそれを無視して加納静香に確かめた。

「すぐに金を用意すれば本当に美希は手術できるんだな？」

康太の視線は国男から加納静香に移った。

「はい、お約束いたします」

「よし。分かった」

契約の意思があると分かると加納静香はその先の説明を始めた。

「ご契約には桜田さんご本人はもちろん、ご家族の同意が必要になります。準備が調いましたら名刺に書かれてある番号にご連絡していただいて、桜田さんのご家族の方とおこしください。その時に口座番号をお教えしますので、契約金のお振り込みをお願いいたします。契約後、すぐに渡航の手配を整えます」

国男は加納静香の目を真っ直ぐに見て言った。

「分かった。よろしく頼むよ」

「そう、桜田さんの主治医の……」

加納静香はその先がなかなか出ないようだった。

「長田先生か？」

と国男が言った。

「ええ、長田先生には契約がまとまるまで内密にされた方がよろしいかと。海外での移植には、反対される医師が多いのです。不公平だ、と」

国男はそれを了解した。

「わかったよ。それまで黙ってる」

康太は二人のやり取りを黙って聞いているだけだった。


二日後、加納静香から改めて連絡があった。

加納は興奮交じりに言った。

「アメリカでドナーが見つかりましたよ！」

しかしすぐに声の調子が変わった。

「ただ他にも待っている方がいらっしゃいます。ご本人、ご家族とも相談の上、五日以内の契約をお願いしたいのですが」

加納との通話を切った康太は力無くベッドに腰を落とした。ドナーが見つかったというのに彼の表情は複雑だった。五日以内に二千万という金額は高校生の彼らには不可能だった。追いつめられた康太は携帯を床に叩《たた》きつけた。

何年間、美希の手術の時を待ち望んだろう。それはもう一歩のところで現実になろうとしている。

手術を受けられれば、美希は希望に満ち溢《あふ》れた未来を摑《つか》むことができる。また五人で一緒に笑い合うことができる。

しかし目の前に立ちはだかった大きな壁をどう乗り越えようか、いくら思索しても良案は浮かばなかった。


四人はいつもの公園にいた。康太と国男はブランコに、英紀と仁志はベンチに座り美希の心臓移植手術費について頭を悩ませていた。

「五日以内に二千万なんて金、一体どうすんだよ」

英紀は地面の石ころを蹴飛《けと》ばしながら言った。

「クニちゃん。あんな簡単に返事しちゃって大丈夫なの？」

仁志は思わず責めるような口調になった。二人の言葉が聞こえていないのか、国男はずっと黙っていた。

「とにかく、おばさんに相談しないと」

仁志の言う通りだ、と康太は思った。

「俺たちのせいで美希はあんなことになったんだ。しかし国男は首を振った。二千万なんて、とても言えないよ。そんな大金、五日後に用意できるとも思えないし。話すのは金の準備ができてからだよ。現段階では徒《いたずら》に期待させるだけだ」

「じゃあどうするの？　僕たちにだってそんなお金、集められないよ」

ずっと下を向いていた国男が仁志をキッと睨《にら》み付けた。

「仁志お前、美希を助けたくねえのかよ。手術を断れって言うのかよ」

国男のその言葉に仁志は激怒した。

「そんなこと言ってないよ！　僕だって美希ちゃんを助けたいよ！　当たり前じゃないか！」

言い争う二人を康太は止めた。それで二人の喧嘩《けんか》はおさまったが、空気は最悪だった。康太の脳裏に、昏睡《こんすい》状態の美希の姿が過ぎる。彼女に手術を受けさせてやりたい。すぐに受けられる環境は調っているのだ。

康太が頭を抱えると、再び国男が口を開いた。

「俺に考えがある」

康太は咄嗟《とっさ》に顔を上げた。

「本当か？」

「ああ」

しかしこの時、康太は普通ではない国男の様子に気づいた。表情がどこか怪しく、興奮しているかのように感じる。

「ただし、覚悟がいる」

康太は息を吞《の》み、尋ねた。

「国男の考えって、何だ」

国男が緊張交じりに言ったその計画は、四人のこれからの人生に大きく影響する、とんでもないものだった。

「銀行強盗だ」

仁志が吐き捨てるように言った。

「こんな時に、冗談はやめてよ」

しかし国男は真剣だった。

「冗談なんかじゃねえ。俺はマジだぜ。五日後に二千万なんて、それしか思いつかねえ」

仁志はすぐに反対した。

「無茶だよそんなの。すぐに捕まっちゃうよ」

国男は冷静に答えた。

「捕まったっていいじゃねえか。美希のためだ。俺たちが二千万パクって、美希が助かるなら俺はいいぜ。前にも言ったように、俺の美希に対する想いは変わらない。どんなことをしてでも俺は美希を助けるぜ」

どういう意味であろうか、国男は最後の方はずっと康太を見て言っていた。ライバルに対する宣言にも聞こえた。康太は複雑であった。今は余計なことを考えてはならないと分かってはいるが、やはり、まだ国男の気持ちは変わっていなかったんだなと思った。だったらなぜ彼はそれを美希に直接伝えないのか。それは自分にも言えることであるが。

「でもよ国男」

怖《お》じ気づく英紀に国男は突き放すように言った。

「ビビってんならやらなくていいぜ。俺一人でも、やってやる」

国男は本気だ。彼はやると言ったらやる。現に中三の時、家から通帳を盗み金を全額引き出してきたではないか。家の金と銀行強盗では次元が違うが、国男はやると言ったら実行する。そういう男だ。

「僕は反対だよ。無理に決まってる。そうだろ？　コウちゃん」

誰だって分かっている。仁志の意見が当たり前で、正しいことくらい。でも今の康太は、自分の将来を犠牲にしてでも、美希の命を助けたかった。美希には時間がないのだ。愛する人を失いたくはなかった。

「金を集める方法がないのなら、俺はやってもいいよ」

仁志は康太の目を覚まさせようと肩を激しく揺さぶった。

「何考えてんだよコウちゃんまで。もっと冷静になってよ」

康太は落ち着いた声の調子で言った。

「仁志、俺は冷静だよ。俺も国男と同じだよ。美希のためなら何でもできる。それが犯罪だろうと」

国男に張り合って言ったわけではない。しかし冷静でなかったのも事実である。

呆《あき》れたように息を吐いた仁志は、キッパリと言った。

「もう一度言うよ。僕は反対だよ」

「英紀、お前はどうなんだ」

国男に判断を迫られた英紀は、どちらとも答えられない。切迫した表情を見せる。

「なあ仁志、結局お前は、自分のことが可愛いんだな。美希のことなんてどうでもいいんだな」

国男の言葉にさすがの仁志も悔しさを隠せない。

「僕だって、美希ちゃんを助けてあげたいよ。でも自分の将来を犠牲にする勇気、僕にはないよ」

語尾はほとんど聞き取れなかった。仁志は公園を飛び出していった。

「言い過ぎだよ国男。あれじゃ仁志が可哀想だよ」

康太が言うと、国男は仁志の走っていく姿を見つめながら頷《うなず》いた。

「分かってるさ」

それから国男はしばらくじっと目を閉じ、何かを考えているようだった。覚悟を決めていたのかもしれない。

「俺もそろそろ行くわ」

と立ち上がった国男は、英紀に言った。

「俺たちにはもう時間がねえ。実行するのは四日後の金曜日だ。やる気になったら俺に電話してこい。じゃあな」

国男が公園からいなくなると、英紀は弱々しい声で言った。

「康太、どうするんだよ。国男はマジだよ。康太もまさかマジじゃねえだろな」

正直恐い。考えるだけで不安がせり上がってくる。でもそれで美希を救えるならいい、とも思う。

「国男がやるというのなら、やるしかないだろ」

「おいおいマジかよ」

やるか否か、迷っている英紀に康太は言った。

「英紀、無理しなくていいよ。俺たちに任せてくれ」

英紀はスッと立ち上がり、

「俺は、他の方法を考えてみる」

と言って駆け足で公園を出ていった。

一人になった康太は静かに目を閉じ、自分の心を落ち着かせた。

彼女を死なせるものか。必ず美希に心臓移植手術を受けさせてみせる。

現在 ⑦

突如現れた謎の男を追い続けていた国男がやっと足を止めた。呼吸を乱し、周囲を見渡す。

「いねえ。どこ行きやがった」

男が単独で動いているかどうかは定かではないが、そうだとしたら男との差は広がるばかりだろう。団体行動のデメリットは、お互いを気にし合うのでどうしてもロスが生まれることにある。もし実際に男が自分たちよりも上にいるのなら、康太たちには見つけることは不可能だろう。もちろん、男がどこからかこちらの様子を窺《うかが》っている可能性だってある。

鋭い眼光、そして銃口がこちらに向けられていると思うとゾッとした。

忘れてはならないのは、男が銃を持っているということである。国男の運が良かったのか、それともワザと急所を外したのかは不明だが、発砲してきたのは事実だ。国男は死んでいたかもしれないのだ。それは本人だって自覚しているだろう。

それでも追い続けるのは、もしくは先を急ぐのは、自分たちよりも先に頂上に行かれては困るからだ。国男は、男が加納静香を助けると思い込んでいる。

それにしても分からないのは、加納静香の考えだ。あの男も、加納静香から手紙を受け取ったのか。そうだとしたら不気味である。何かを企《たくら》んでいるのか。男の出現で、彼女の行動がますます不可解となった。

再び頭に浮かんできたのは、本当に加納が頂上にいるのかどうか、ということだ。しかしここまで来たのだ。引き返すわけにはいかない。

「なあみんな」

それに気づいたのは英紀だった。

英紀は膝《ひざ》に手をついて苦しそうに言った。

「さっきから、やけに息苦しくないか？」

言われてみればそうだ。

康太も国男も仁志も、呼吸数が異常に多い。その理由はすぐに判明した。

「酸素が薄くなってきてるんじゃないのか」

康太が言うと英紀は、

「どうりで」

と苦しそうに息を吐き出す。

「少しペースダウンした方がよさそうだな」

康太の提案に国男は不満を口にした。

「よくそんなことが言えるな。マジで加納が殺せるかもしれねえのに。殺《や》らなきゃ俺たち、一生悔いが残るぞ」

「焦るなよ国男。倒れたら元も子もない。あくまで無理をせずにって意味だよ」

それでも国男は不満そうだった。

「行こうぜ」

しかし酸素が薄い中を歩き続けるのは思ったよりも過酷で、歩きを再開して数分後にはバテて立ち止まってしまった。腕に傷を負っている国男は余計辛《つら》いのだろう。あれほど焦っていたのにもかかわらず、自分から座り込んでしまった。

「大丈夫か国男」

康太が声をかけると、国男は悔しそうに地面を叩《たた》いた。

「むかつくぜ！」

気持ちは急いでいても、どうしても身体がついていかないのである。

「まだまだ先は長いんだ。休憩も必要だよ」こんな短い言葉を発するだけでも苦しくなった。無理して歩き続けていたら脳に酸素が回らず、確実に倒れていたろう。改めて山の厳しさを知った。

その後もしばらく休憩をとったが、完全に回復することはなく、国男のペースで四人は歩き出した。が、少し歩いては立ち止まりの繰り返しである。気持ちとは裏腹になかなか進むことができない現状に苛立《いらだ》ちが募る。食べ物や水を口にしていないのも急激な疲労の原因だろう。しまいには頭がクラクラとし始めた。

皆、無意識のうちに木にもたれかかってしまっていた。立ち上がらなくてはならないと分かってはいるが、身体が重くて持ち上がらないのである。

「みんな、行こう」

康太は力を振り絞って言った。

辛く苦しくなった時、自分たちは助け合うことができる。一人では無理な道のりも、四人なら乗り越えられる。小学生時代からそうだったではないか。

何とか立ち上がることができた康太たちはお互いを支え合い、酸素の薄い中、必死に坂を登り続けた。もし単独で入山していたら、このまま朽ち果てていただろうと康太は思った。

康太たちはこの踏ん張りで自らを救った。

傾斜のきつい道は段々と緩やかになり、一旦《いったん》坂を登りきった康太たちは、嘘だろ、と足を止めた。まるで幻でも見ているかのように、そこに釘《くぎ》付《づ》けになる。

数メートル先に、小さな小さな川が流れていたのだ。

「水だ、水だよ！」

最初に走り出したのは英紀だった。康太たちも疲れを忘れて走り出す。四人はキラキラと光る川の目の前で屈《かが》み、たくさんの水を口に含む。冷たい水が、空っぽの胃に染み渡る。水だけでは空腹は満たされないが、生き返ることはできた。また歩く気力が湧いてきた。

しかし、この先も酸素が薄い状況は続く。安堵《あんど》できるのは、もしかしたらこれが最後かもしれない。これ以上の地獄が、待っている気がする。

その後、四人は十分な休息をとり、川を渡って先を進んだ。

康太の読み通り、山は手加減してくれなかった。道はすぐに急斜面に戻り、それだけではなく、川を渡る前よりも雪の量が増えている。

進めば進むほど、この山は険しさが増していく。罪を犯した人間を、容赦なく苦しめる。

国男は、どこまでも続いている坂を見上げ、

「足下気をつけろ」

と三人に言って、傷の痛みに耐えながら、両手を使って登っていく。康太も、一歩を踏み出した。

ザクリと、右足が残雪に埋まった。

その瞬間、康太は充血した目を剝《む》いた。自分の右足に、人間の手がからみついているのだ。

悲鳴を上げた康太は幻覚に気づき、息を吐いてしゃがみ込んだ。

「どうした康太」

康太は頭を抱え、国男に言った。

「あれから時々、幻覚を見るんだ」

「幻覚？」

今みたいに足に手が絡みついていたり、誰かに追われているような気がするのは、罪を犯した罰だ。

過去 ⑦

加納静香に出会ったあの日から時間は流れるように過ぎ去り、心臓移植手術の契約は明日《あした》に迫っていた。

しかし当然のように金の問題は解決できていない。未《いま》だ分裂したままの康太たちには到底無理な話だった。

康太はあれから金策に必死だった。国男が銀行強盗を決意した時、一時の感情で賛成はしたが冷静になるとやはり犯罪に手を染める勇気はなく、彼は金を揃えようと親戚《しんせき》宅や友人宅に頭を下げて回った。しかし高校生の康太に大金を貸してくれる者はおらず、二千万という金額にはほど遠い金しか集められなかった。

いくら悩んだところでこの事実は突き動かせず、期限は明日に迫っている。

いよいよ手段なんて選んでいられなくなった。

これ以上、時間のない康太と国男はこの日、犯罪に手を染める決意でいた。

腕時計の針は午前八時三十分をさしていた。康太と国男は、人通りの少ない道路沿いにあるコンビニの駐車場の様子を、通行人のふりをして窺《うかが》っていた。

この日使う車を盗難するためだ。コンビニに目をつけたのは康太だった。三年近くコンビニでバイトをしてきて、鍵《かぎ》をつけたまま車からおりて店に入ってくる客を大勢見てきたのだ。被害者の身になって考えると心は痛むが、金を奪った直後に捕まるわけにはいかない。これも仕方のないことだった。

店の周りを怪しまれぬよう彷徨《うろつ》き始めて約二十分が経った。康太の確信したとおり、サラリーマン風の若い男が、エンジンをかけたまま軽自動車からおりてきた。

康太は軽にじっと視線をあてた。脈拍数は最高に達した。身体《からだ》が震える。喉《のど》が唾《つば》で鳴った。実際その状況になると、躊躇《ためら》ってしまいすぐに行動に移せなかった。

しかし全ての条件は調っている。やるなら今しかない。

康太は、向こうからくる国男にアイコンタクトし、国男を駐車場に向かわせた。康太は、若い男の店内での様子を確認し、国男にGOサインを出した。

国男の動きは迅速だった。免許を持っているので尚更《なおさら》だ。車に乗り込んだ国男はほんの数秒で駐車場を出た。

康太は、誰にも見られていないのを確認し、ドアを開いて助手席に乗り込んだ。シートベルトをする手がガクガクと震えていた。

国男はウインカーも出さずに道路を左折した。康太はしばらくコンビニに目を向けていた。二百メートルほど離れたところで、車の所有者が店から出てきた。数秒後には盗難に気づくだろうが、ここまで来れば大丈夫だろう。すぐに警察に捕まることはないと思う。

「案外、余裕だったな」

国男はこちらを一瞥《いちべつ》して言った。しかし言葉とは裏腹に、国男の動作は落ち着かない。車が右左と微妙に揺れる。

「ちゃんと前見て運転しろよ」

康太が注意すると、国男は無理に笑った。

「だ、大丈夫だって」

二人はそのまま銀行には向かわず、一旦《いったん》自分たちの家の方に車を走らせた。寄らなければならない場所があった。

二人の乗る車は、美希のいる病院に到着した。罪を犯す前に、彼女には謝らなければならないと思ったからである。仲間が罪を犯すなんて望んでいるはずがない。もし胸の内を話したら、即座に止めるだろう。止めたことによって命を失うと分かっていてもだ。美希はそういう女性だ。

病室についた二人は、酸素マスクをした美希の前に歩み寄る。

康太は、静かに呼吸する美希の頭を優しく撫《な》でた。

「ごめんな美希。俺たち、やっぱりやるしかねえんだ」

声が震えた。もうどれだけ美希とまともに話していないだろう。明るく笑っていた美希を懐かしく感じる。

「でも必ず元気になれるから」

康太は言って美希の手を握った。すると、不思議と身体の震えがおさまった。

「美希、待ってろ。もう少しの辛抱だからな」

国男は二人の手の上に自分の手を載せて、強く握りしめた。それからしばらく二人は美希の顔を見つめる。

「なあ康太」

国男はそのままで言った。決意したような語調だったので康太の心臓はドクンと強く鳴った。だが国男の次の言葉は、康太の考えているそれとは違っていた。

「お前、美希が好きだろ」

やはり国男は美希を見つめたままだった。唐突ではあったが動揺はなかった。

「ああ、そうだ」

康太はライバルに宣言した。国男は康太を一瞥して言った。

「俺はそれを知ってたからあえて美希に告白しなかった。俺たちの関係を壊したくなかったし、何より美希を悩ませたくなかった。心臓にも負担をかけさせたくなかった」

康太は黙って聞いていた。国男らしいと思った。

「だがもう自分の気持ちに嘘をつきつづけるのは限界だ。美希の心臓が治ったら」

国男は康太を真っ直ぐに見た。

「俺は美希に想いを告げる」

康太もそれで決心した。

「俺も美希に告白するよ」

国男は満足そうに頷《うなず》いた。

「康太、そろそろ行くぞ」

康太は国男に目を向け、迷いはないというように頷いた。

「ああ」

振り返ると、声がした。

「コウちゃん……クニちゃん」

二人は咄嗟《とっさ》に向き直った。

美希がうっすらと目を開け、口を開いたのだ。

ほとんど聞こえないくらいの弱々しい声であったが、こちらの名前を呼んだのだ。康太は再び美希の手を握り、呼びかける。

「美希、美希！」

国男も夢中で叫んだ。

「美希、聞こえるか？」

美希はゆっくりと頷き、口元をニコリと動かした。自分たちを心配させまいと笑おうとする美希を見て、康太は胸が熱くなった。

「ごめんな美希」

こちらの声はしっかりと届いている。美希はそんなことないというように、首を微《かす》かに横に振った。

「美希」

国男は、涙声で美希を励ました。

「美希、待ってろ。俺たちが絶対に元気にしてやるからな」

美希はもう一度うっすらと笑みを浮かべ、頷いた。

「行ってくる」

美希に力強く言った康太だったが、病室を出た途端、感情をおさえられなくなりその場にしゃがみ、声を出して泣いた。

「泣くな康太。もう少しで美希はよくなるんだ」

「分かってる」

「ほら立て」

国男に立たされた康太は涙を拭《ぬぐ》った。そうだ、泣いている場合ではない。美希が助かるかどうかは、自分たちにかかっているのだ。

「行くぞ」

康太はしっかりと前を見据えた。

「ああ」

康太と国男の目つきが鋭くなる。人間まで変わったようであった。

二人は車に向かった。国男はドアに鍵をさそうとするが、その指先が細かく震えている。やっとドアを開けた。

「康太、国男」

乗り込もうとすると後ろから声をかけられた。

振り返るとそこには、気まずそうな表情の二人が立っていた。康太は肩の力を抜いた。

「英紀、仁志」

目が合うと、二人は俯《うつむ》いてしまった。

「本当に、行くのか？」

国男は二人に厳しく言い放った。

「それがどうした。お前たちには関係ねえだろ」

「おい国男」

康太が止めると、国男は不満そうにそっぽをむいた。

「どうしたんだよ二人とも」

康太が聞いても、二人はしばらく口を開かなかった。

「どうした？」

すると英紀が、緊張交じりに言った。

「俺たちも、行くよ」

二人の決意を聞いた国男は目を見開いた。ただ康太は複雑な気持ちを抱いた。

英紀と仁志の気持ちは嬉《うれ》しいが、二人まで道連れにしていいのだろうか。確かに今までみんなで力を合わせてやってきたが、今回は違う。今後の人生に大きく影響するのだ。

犠牲になるのは、少ない方がいい。

「俺たちあれから色々考えて動いてみたんだけど、結局お金集められなかった。でも美希には手術を受けさせてやりたい。絶対に」

「その気持ちだけでも美希は喜ぶよ。だから無理しなくていいよ」

英紀は首を振った。

「俺たち、見て見ぬふりなんてできないよ。今までずっと一緒だったのに、そんな寂しいこと言うなよ。二人だけが犠牲になるなんて、俺たち耐えられないよ」

康太はずっと黙っている仁志に気持ちを確認した。

「仁志はどうなんだ？　いいのか？」

仁志は俯いたまま、頷いた。

「そうか」

それでも康太は悩んだ。自問自答を繰り返した。

本当に二人を連れていっていいのか。

自分とは違い英紀はアパレル業、仁志には獣医になる夢がある。その夢が叶《かな》えられなくなるかもしれないのだ。

やはりダメだ。二人は置いていこう。

答えを出した康太に、英紀はこんな時にもかかわらず晴れやかな表情で言った。

「俺たちだって、何より美希が大事なんだ」

英紀は仁志の肩に手を置いた。

「だよな。仁志」

ずっと怯《おび》えていた仁志が、この時だけは何の躊躇《ためら》いもないというような笑みを見せた。

二人のその顔を見て、自分は間違っていたんだと康太は気づいた。二人だって、美希に対する想いは同じだ。ここで英紀と仁志を置いていったら、自分たちは逃げたのだと、二人は自分を責め、後悔し、そして引け目を感じる。その方が残酷なのではないか。

思い悩んだ二人はやがて、自分たちの元から去っていく。そんな気さえした。

康太の迷いは消えた。

四人で、美希を助けに行こうと決断した。

康太は頷いた。

それを見て、国男は二人の肩に手を伸ばした。

「悪かったな二人とも。行こうぜ」

国男に迎えられた二人の肩から力が抜けた。ずっと心に抱えていた不安が消えたのだろう。やっと気持ちが一つになった四人だったが、車に乗り込んだ途端に空気は一変した。康太たちは極度の緊張に襲われた。

既に作戦は開始されている。

「行くぞみんな」

国男は三人に言って、車のエンジンをかけ、ハンドルを握った。

車内は、異様な沈黙に包まれる。心臓の鼓動が、聞こえるくらいに。

待ってくれ。

康太は平静を装っていたが、何度もその言葉を呑《の》み込んでいた。

走り出した車は国道一号線に乗り、川崎《かわさき》方面に進んだ。

横浜を出た四人は川崎市に入り、川崎駅から少し離れた『川崎銀行中央支店』のすぐ傍に車を停めた。

四人は、銀行の中の様子をじっと見つめる。頻繁に人が出入りはしているが、特別混雑している感じではない。行員も客も皆、これから強盗が襲ってくるなど考えてもいないだろう。

観察を終えた国男はエンジンを切り、三人に身体を向けた。

「グズグズしてらんねえ。やるぞ」

ずっと激しく暴れていた心臓が、ドクンと強く胸を叩《たた》いた。深呼吸すると、頭がクラクラし気が遠くなりそうになった。

国男は、席の傍に置いておいた紙袋の中から、目だし帽とサングラス、そして風邪用マスクを取りだした。

「一応、四人分揃えておいた。みんな着替えろ」

康太は了解し、狭い車内で着替えていく。英紀と仁志も人目を気にしながらおぼつかない手で準備する。全員が目だし帽を着用すると、国男は最後に出刃包丁を四本取りだした。

包丁を見た仁志が急に怖《お》じ気づいてしまった。刃から目を逸《そ》らし、情けない声で言った。

「やっぱ僕ダメだよ。できないよ」

仁志は痙攣《けいれん》しているかのようにガクガクと震えていた。こんな状態で強盗などとても無理だ。失敗は許されない。足手まといになる可能性がある仁志は置いていった方がいいと康太は判断した。

国男も康太と同じ考えだった。

「分かった。仁志はここにいろ。お前は見張りだ。もし警察が来たら、俺の携帯を鳴らせ。いいな？」

仁志は慌てて携帯をとり、頷《うなず》いた。

「うん、ごめん」

国男は、今にも泣き出しそうな仁志に優しかった。

「気にするな。ここまでよく来たじゃねえか」

「ごめん」

国男の表情が再び興奮に染まる。康太の顔色も段々と血の気を失っていく。

「いいか？　躊躇ったら終わりだぞ。一気に行くぞ」

三人は決意が鈍らないうちにサングラスをかけ、マスクをつけた。そして微《かす》かに震えた手でしっかりと包丁を握りしめた。

「覚悟はいいな？」

国男の最後の確認に、二人は大きく息を吐き出し、声を絞り出した。

「ああ」

国男は二人と素早く目を合わし、銀行を見据え、

「行くぞ！」

と言って外に飛び出した。康太の身体も勝手に動き出していた。三人は銀行まで全力で走る。街の人々の目が三人に集まった。

彼らが銀行に入った瞬間、店内は一気に静まり返った。サングラス越しに見る行員と客は、あまりに突然の出来事に恐怖よりも呆気《あっけ》にとられている。

銀行強盗なのではないかと勘づいた行員の一人が微かに動いた。国男は出刃包丁を天井にかかげ、大声を張り上げた。

「動くな！」

康太と英紀も包丁を取りだし、警備員や行員や客に包丁を見せつける。

銀行内は緊迫した空気に包まれた。

どこからか、女性の悲鳴が響いた。

「騒ぐな！」

康太は無意識のうちに叫んでいた。おどおどしているのは、脅されている方よりもむしろ脅している側だった。大声でも上げなければ、恐怖に押し潰《つぶ》されそうだったのだ。

国男はカウンターの前に立ち、女性行員に包丁を突きつけ、左手に持っていたバッグを投げつけるようにして渡した。

「二千万持ってこい！　二千万だけよこせ！」

しかし女性行員は恐怖のあまり反応することができない。

「グズグズするな！　早く持ってこい！」

興奮する国男は、包丁の柄をカウンターに叩《たた》きつけた。

ビクリと跳ね上がった女性行員は立ち上がり、

「少々……お待ちください」

と言って奥に駆け込んだ。

「早くしろ！」

国男の苛立《いらだ》ちはピークに達する。

康太と英紀の不安はとっくに限界を超えていた。しかし、一瞬たりとも怯《ひる》んだ様子を見せてはならない。今は包丁で警備員の動きを封じることはできているが、もし警備員が飛びかかったりしてきたら計画は失敗だ。

この状態が、あとどれくらい保《も》つか分からなかった。

「早くしろって言ってるだろ！」

カウンターをガンガンと叩き国男は急《せ》かす。すると、時間稼ぎのつもりだろうか、奥から責任者らしき男がやってきた。

「二千万持ってこい！　二千万だけでいいんだ！」

もう耐えきれないというように、国男は逃げ後れた中年女性を摑《つか》まえ、首に包丁を向けた。

「こいつ……マジで殺すぞ」

国男に背中を向けていた康太は、その台詞《せりふ》を聞いて焦りを感じた。振り返った瞬間、警備員が一歩こちらに近づいてきた。ヒヤリとした康太は包丁を前に押し出した。

「殺されてもいいのか」

国男は興奮のあまり包丁の刃を人質の首筋に押し当てた。同時に人質の女性は小さな悲鳴を上げた。首筋から一筋の血が流れたのである。

国男の行動に恐れをなした責任者らしき男は、女性行員に合図した。

女性行員は頷き、バッグを持って再び奥に走っていった。

「早くしろ！　死ぬぞこいつ」

「助けて……ください」

中年女性は気を失う寸前であった。

「もう少し待ってください」

「うるせえ！　早くしろ！」

三分後、女性行員が膨れたバッグを持って戻ってきた。しかし国男はすぐにはバッグに手を伸ばさなかった。

「開けろ。入ってなかったら承知しねえぞ」

国男は落ち着いていた。いや、銀行側の方が冷静だったのかもしれない。確認させて、時間を稼いでいるのだ。

指示を受けた女性行員はバッグを開けて、百万円の束をパラパラと国男に見せていく。その作業だけでもかなりの時間を要した。

「よし。いいだろう」

バッグを手にした国男は人質を引きずりながら出口に向かう。そして、自動ドアの手前で人質を放し駆け出した。次に英紀が走り出す。そして康太の順番だった。

しかし英紀が逃げる際、警備員にぶつかり、警備員が派手に吹っ飛んだ。

その時だ。康太は倒れた警備員に足を摑まれたのだ。

「おい！　早くしろ！」

国男の慌てた声が飛ぶ。追いつめられた康太は足を激しく動かしほどこうとするのだが、警備員の力は強く、なかなか逃げることができない。

「放せ！」

康太は左足で警備員の手を思い切り踏みつけた。それでようやく警備員の手を振りほどいた康太は外に出て走り出した。

三人は、仁志が待っている車に猛然と走る。

後部座席で周囲を確認していた仁志がホッとした表情を見せた。

「みんな」

車に乗り込んだ国男は急いでエンジンをかけ、

「警察は来てないな？」

と慌てた口調で仁志に確認する。

「大丈夫。早く逃げよう」

しかし間一髪だった。遠くの方からサイレンを鳴らして数台のパトカーがやってきたのだ。パトカーは銀行の傍に停まり、そこから何人もの警官がおりてきた。まだ、こちらには気づいてはいない。

国男はバックミラーを確認しながら、アクセルを踏み込む。そして、再び国道一号線に乗り、横浜方面に向かった。

「うまくいったの？」

恐る恐る、仁志が尋ねてきた。しかし康太と英紀は反応できない。まだ、混乱状態から抜け出せていなかった。

「見てみろ。ちゃんと二千万ある」

国男からバッグを渡された仁志は、緊張の面もちでファスナーを開け、中を確認する。札束の多さに、仁志は口を開けたまま固まってしまった。

「これで、これで美希が助かるぞ」

国男は罪の意識よりも、今は心の底から安堵《あんど》しているようだった。

それは康太も同じだ。大きな罪を犯してしまったが、後悔はしていない。

こちらの準備は調った。あとは、美希の手術が無事成功してくれるのを願うのみだ。

「康太、早速加納に連絡してくれ」

「分かった」

康太は財布から加納静香の名刺を取りだし彼女の携帯に連絡した。

数秒後、加納の声が聞こえてきた。

「戸部です。今すぐに会えますか？　お金の用意はできましたが、事情があって振り込むことができません。直接渡したいのですが」

振り込めない理由は無論である。銀行強盗をした直後に銀行で振り込めばすぐに足がつく。

加納から指示を受けた康太はそれを国男に伝えた。

これから事務所に行き加納に会う。

しかし忘れてはならないのは、自分たちは犯罪者だということだ。しばらくは慎重に行動しなければならない。ただ、ずっと逃げるつもりはない。美希がアメリカに行くのを見届けた後、自首するつもりだ。

地元に到着した四人は加納のいる事務所にはすぐには向かわず、この時期、人が全く来ない河原の傍に車を停めた。

四人は、誰も見ていないか確認し、目だし帽やサングラス、風邪用マスク、そして包丁の入った紙袋を持って外に出た。

「どうする？　川に流すか？」

英紀の考えを康太はすぐに否定した。

「いや、それは逆に発見される可能性が高い。埋めた方がいいよ」

紙袋を持つ国男が納得したように頷《うなず》いた。

「確かにそうだな」

四人は、隠すのに適した場所を探す。

仁志が、河川敷に指をさした。

「あそこらへんなんてどう？」

康太は、陽の当たっていない河川敷の周りをしばらく眺め、決断した。

「そうしよう」

四人は、人が来ていないか注意を払いながら、河川敷に向かった。

康太と国男は英紀と仁志に見張りを頼み、急いで地面に散らばっている無数の石をどけて大きな穴を掘り、証拠品を埋めた。そして、元のように石をその上に置き、作業を終了させた。

たったこれだけの作業なのに心臓はバクバクと暴れていた。

「行こう」

康太たちは河原に車を放置したままその場から逃げるようにして事務所に向かったのだった。


四人は『平沼橋駅』に到着した。

彼らは、たった数十歩の距離をビクつきながら進んでいく。事務所に入るとホッとしている自分がいた。

扉の開く音が鳴ると、デスクに座っていた加納と野間口がこちらを振り向いた。

加納と野間口はこちらに丁寧に挨拶《あいさつ》してきた。

四人は、加納静香の元に歩み寄った。

「どうも。遅れてすみません」

加納は、

「いえ」

と首を振り奥のソファを示した。

「どうぞお座りください」

四人は緊張を隠せない。ソファに座るが落ち着けない。

「みなさん、お茶でよろしいですか？」

野間口の声に仁志は肩をビクリと弾ませた。

「はい」

と康太が答えた。

「少々お待ちください」

野間口と少し話すだけでもこの緊迫である。彼も少し怪しげにこちらを見ている気がする。

落ち着け、と康太は自分の心と身体に言い聞かせた。

間もなく、四人の前にお茶が運ばれた。しかし誰も茶碗《ちゃわん》に口はつけなかった。

「早速ですが、ご契約の準備が調ったとのことですが」

加納が話を切り出すと、国男は手に持っていたバッグをドスンとテーブルに置いた。

「用意したよ。二千万」

現金で持ってきた四人に加納は尋ねた。

「お振り込みができない事情とは？」

「いえ、それは」

康太が口ごもっていると、

「いいじゃねえかそんなのどうでも。用意したんだから文句はねえだろ」

と国男がねじ伏せるように言った。

加納は仕方なしに頷いた、といった様子だった。

「では、ご確認させていただいてもよろしいですか？」

「いいよ」

国男が言うと、加納はバッグのファスナーを開け、一つひとつの束を丁寧に確認していく。

テーブルに重ねられていく札束を見ていると、再び罪の意識が襲ってきた。今頃、川崎駅周辺は大騒ぎになっていることだろう。警察は必死に犯人を捜しているに違いない。もしかしたらもうニュースにもなっているかもしれない。

素早い手つきで金を数える加納は、最後の一束をテーブルに置き、

「ご確認させていただきました。ありがとうございます」

と深々と頭を下げ、金をバッグにしまった。

「それでは、ご契約の方に移らせていただきます。ご家族の方がいらっしゃっていないよう

なんですが」

　四人は肝心なことにようやく気づいた。金を盗むことで頭が一杯で、良子にうまく説明することを忘れていたのだ。

「いらっしゃらないんですか？」

「……はい」

　と康太はそう答えるしかなかった。

「ご連絡できますでしょうか？」

「今、集中治療室に入っていて、どうしても……」

　何しろ強盗の罪を犯した直後である。気持ちの整理がつかないまま良子に会えば怪しまれるのは目に見えている。勘のいい良子のことだ。金はどうしたのかと聞いてくるに違いない。まさか加納の団体がボランティア活動をしている、なんて嘘は通じないだろう。となると、四人が二千万を払った件については加納と打ち合わせして良子に黙っていてもらわなければならない。

　そんな演技が、果たして今の自分たちにはできるだろうか。

「桜田さんのご家族の方は、今回の移植手術については勿論《もちろん》ご存じですよね？」

　良子はそれすらも知らないが、康太は嘘をついた。

「勿論です」

「時間にもそう余裕がありません。でしたら、どなた様の名前でも良いので、仮契約という形をとって、アメリカ行きの手配は進めましょう。翌日、もしくは翌々日に必ず桜田さんのご家族の方とお越しください」

康太はそれを聞き安堵《あんど》した。

「それは助かります」

「では、進めていきましょう」

加納は言って、二枚の用紙を康太に差し出した。

用紙を受け取った康太は、書かれてある事項を丁寧に読んでいく。

一番下には、代表者の名前を書く欄と、印鑑を捺《お》す枠がある。

二枚の用紙を読み終えた仁志が加納に肝心なことを尋ねた。

「すぐにアメリカ行きの手配をしてくれるとのことですが、実際手術するまでどれくらいかかるんです？」

「ご契約後、私どもがすぐにアメリカ行きのチケットを用意します。桜田さんは、パスポートは？」

康太は即答した。

「あります。高校二年の時に、修学旅行で海外に行ってます」

「そうですか。それなら、時間はそうかからないと思います」

「じゃあ、すぐに美希は助かるんだな？」

身を乗り出して聞く国男に、加納は頷いた。

「ご安心ください。アメリカには、優秀な医療スタッフも揃っています」

それを聞いた四人の全身から力がスッと抜けた。

「お願いします」

康太が頭を下げると、加納はボールペンと朱肉を取りだした。

「では下の欄にお名前とご住所と電話番号、それと印鑑をお願いします」

「印鑑は、持っていないんですが」

康太が困った表情を見せると、加納は構わないといった様子で言った。

「では、仮ですので拇印《ぼいん》で結構です」

「分かりました」

康太は、代表者の欄に自分の名前と住所と携帯の番号を書き込み、そして拇印を捺した。

それを確認した加納は、

「ありがとうございます」

と言って契約書をファイルに仕舞った。そして、これからのスケジュールを四人に話した。

「では早速、アメリカ行きのチケットを手配いたします。戸部様はこれから、桜田様の退院の手続きの準備をしてください」

康太は、加納から言われたことを頭にインプットしていく。

「わかりました」

「それでは準備が調い次第、ご連絡差し上げます」

「お願いします。できるだけ早く」

「分かっております。必ず、桜田さんを助けます」

心強い言葉に、康太たちの表情は和らいだ。

「お願いします」

四人は一礼して、事務所を出た。契約が終わり、四人は胸を撫《な》で下ろした。

これでようやく美希は手術を受けることができる。

康太は早速、良子の携帯に連絡を入れた。

良子にはまだ、心臓移植の話すらしていない。自分たちのせいで美希はこんなことになってしまったのだ。五日で二千万なんて無理だろうし、何より良子にはこれ以上、迷惑はかけたくなかった。自分たちの力で何とかしたかったのだ。

仕事中であろう良子は、約一分後に電話に出た。希望を得た康太は、興奮交じりに伝えた。

「おばさん。美希の心臓、よくなるよ。アメリカで手術が受けられるんだ」

その事実を知った良子は信じられないと呟《つぶや》き、仕事が終わったら病院へ行きます、と言って電話を切った……。


四時間後、国立総合病院の入り口で待っていると手提げ鞄《かばん》を持った良子が走ってこちらにやってきた。

「おばさん」

病院についた良子は膝《ひざ》に手をつき、息を荒らげる。

「戸部くん……本当なの？　さっきの話」

康太は良子に笑みを見せた。

「もちろん。さっき、手続きを終えました。あとはアメリカで手術を受けるだけです」

「どういうこと？」

あまり内容を把握していない良子に、康太はパンフレットを見せた。

「移植手術……ハートスペア21」

康太は、パンフレットを熱心に見る良子に、嘘を織り交ぜて話した。

「実は昨日、病院でその会社の方に声をかけられて、アメリカで移植手術をできるという話を聞いたんです」

「アメリカ」

「日本でドナーを待っていてもいつになるかわからない。まさに今の美希です。そういう患者さんたちを多く救っている団体なんですよ」

「ねえ戸部くん。手続きを終えたって言ったけど」

「ええ。今さっき終えました」

喜んでもいいはずなのに、良子の表情はなぜか浮かない。

「お金、どうしたの？　いくらかかったの？」

四人は、思わず顔を伏せてしまった。

「今まであなたたちが稼いでくれた分はもちろん大事に保管してある。ねえいくらかかったの？」

金を持って逃げ去る自分たちが脳裏を過《よ》ぎった。額や背中に汗した康太はその映像をかき消し、必死に笑顔を作った。

「いいんですよ。それより、美希のところへ行きましょう。退院の準備もしないといけませんからね。準備が調い次第、美希と一緒にアメリカに行ってください」

「ありがとう……でも」

「いいからいいから」

と国男は強引に良子の背中を押し、美希の病室に向かわせる。

「突然すぎて信じられないわ。本当に……手術が受けられるの？」

心配する良子に康太は力強く返事した。

「もちろん！」

良子は、この約七年間を振り返っているようだった。

「あなたたちには、感謝してもしきれないわ」

「もうそんなことはいいんですよ。早く美希に手術のこと伝えないと」

「そうね」

五人は、四階の個室の扉を開いた。部屋では、長田と看護師が美希のベッド横の機器をチェックしていた。

美希は康太たちが来たことも知らず、静かに眠っている。

「先生、いつもお世話になっております」

良子の挨拶《あいさつ》に、長田は軽く頭を下げる。

長田に、国男が喜びを抑えきれぬ様子で口を開く。

「先生！　美希の手術ができそうだよ！」

「手術？」

「ああ。アメリカでね、心臓移植手術が受けられるんだ」

長田は首を傾げた。

「アメリカ？　移植手術？　おいおい何を言ってるんだ？」

この時、康太は妙な胸騒ぎを感じた。

話の分からない長田に、国男はパンフレットを見せた。

「これだよこれ！　ここで心臓移植手術が受けられるんだ。もう手続きはとったよ。チケットが取れたら、美希を退院させる」

パンフレットを真剣に見つめる長田は口を開かない。

「先生？」

良子が声をかけると、長田はパンフレットを閉じて、言ったのだ。

「聞いたことのない団体だな。患者の苦しみにつけこんで怪しげなことをしているんじゃないのか。きっとこんな団体、存在しないよ。騙《だま》されちゃだめだぞ。第一、今の美希ちゃんを退院させられるわけないだろう」

それを聞いた四人の頭の中は一瞬にして真っ白になった。良子は、長田の言葉にショックを受け、身体をふらつかせた。

「桜田さん！　大丈夫ですか！」

間一髪のところで長田が良子の身体を支える。良子は、気を失ってしまった。

こんな団体、存在しない？

サーッと血の気が引いた。康太は立っていられなくなり、その場に屈《かが》んだ。

「嘘だろ？」

そんなの認めないというように、国男は長田の肩を摑《つか》んだ。

「嘘だろおい！　マジで言ってんのかよおい！」

長田は四人の反応を見て、

「まさか」

と呟いた。

「お金、払ったんじゃないだろうな」

金のことに触れられた四人は何も返せない。

「そうなんだな？」

呆然《ぼうぜん》とする康太は、国男に外に連れ出された。

「電話しろ！　あの女に電話しろ！」

国男から命令された康太は加納の携帯に連絡した。

『おかけになった電話番号は、現在使われておりません。こちらは……』

納得がいかず康太は事務所にもかけた。しかしコールはするが誰も電話には出ない。

何もかもが、音を立てて一気に崩れ去った瞬間であった。

一向に誰も出ない事実に、英紀と仁志は確信するように言った。

「俺たち、騙されたんだ」

国男は英紀の胸ぐらを摑んだ。

「ふざけるな！」

「でもクニちゃん」

国男は、手に持っているパンフレットを下に叩きつけた。

「あの女」

血管が張り裂けそうなほど怒り国男は走り出した。

「おい国男！」

康太たちは国男を追いかけた。

階段を下り、出入り口に向かう。一番後ろにいた康太は、テレビの音にビクリと足を止めた。

ニュースが流れている。映し出されていたのは、川崎駅周辺だった。

『今日、正午頃、川崎銀行中央支店で、三人組の男が二千万を奪って逃走。現在も逃走中です。尚、怪我人はいないとのことです。犯人の特徴は……』

テレビ画面の光が、呆然と立ちつくす康太の顔をチカチカと照らす。

俺たちは、とんでもない事件を起こしてしまった。騙されているなどとは、つゆしらず。

康太の脳裏に、加納静香のほくそ笑む顔が映った。

怒りや悲しみよりもまず、この現実が信じられなかった。信じたくなかった。

美希は、俺たちは、一体どうなる。

言いようのない恐怖がこみ上げてきた。悪い映像ばかりが、頭を掠《かす》める。

気が、おかしくなりそうだった……。


連日、自分たちが起こした強盗事件のニュースが流れる中、康太たちは突然姿をくらました加納静香からの連絡を待った。

彼女は逃げたのではない。何かがあって、連絡がとれないのだと、康太たちは自分に言い聞かせた。

いや、そう信じたかった。

病気で苦しむ人たちを助けたいと真剣に言っていた彼女が嘘をついていたとは思えない。

彼女の目は、人を騙すような者の目ではなかった。しかし、一週間、二週間が経っても音沙汰《おとさた》はなく、事務所の前で待っても誰も姿を現さなかった。

希望を摑んだはずだった康太たちは一気にどん底に突き落とされた思いだった。

二月十六日、この日康太たちは放課後、美希の病院で待ち合わせた。病室に入った康太は、既に到着していた三人と目は合わすが挨拶はしない。気まずいのではなく、声を発する気力がない。三人も同じだった。

康太は、眠っている美希の前に立ち、彼女を心配そうに見つめる。この二週間で、美希の身体は更に痩《や》せたのではないか。顔色も、血が通っていないのではないかと心配になるくらい青白く変色してしまっている。早くどうにかしてやりたいが、病院側の動きはない。今はまだ警察は捜査に手こずっているようだが、いずれは自分たちに辿《たど》り着くはずだ。その前に、美希を助けてやらなければならない。しかし、唯一の希望を失い、どうすることもできなくなった。何もしてやれない自分に腹が立つ。康太は悔しさのあまり、一滴の涙をこぼした。

病室に、国男の声が響いた。

「美希！」

康太は涙を拭《ぬぐ》い、目を開けた美希の手を握る。しかし、なんて声をかけたらいいのかわからない。期待させるだけさせておいて、結果はこれだ。申し訳なくて、彼女の顔を直視できなかった。

「ごめん、美希」

ただそれしか言えなかった。すると美希は、口を弱々しく動かした。

みんな、いつもありがとう。

辛《つら》くて苦しいはずなのに、感謝の気持ちを伝えようとする美希を見ていたら胸が苦しくなり、康太は涙をおさえられなかった。

「コウ……ちゃん？」

心配する美希に、康太は笑みを作る。

「ごめん。何でもない」

自分はなんて弱い人間なんだ。そしてなんて自分勝手なんだ。泣き顔を見せたら美希がどう思うんだ。俺は今、美希を徒《いたずら》に不安にさせた。

美希は、四人の顔を見てまた口を動かした。

みんな、元気だして。

そう言われた四人は明るさを装うが、美希は一時間後、再び眠りに就いてしまった。

その途端、四人の顔から笑みが消えた。それから面会時間が終了するまで四人は病室にいたが、美希は目を覚ますことはなかった。

病院を出た四人は、一切会話することなく寒い夜道をトボトボと歩いた。この二週間、康太たちはずっとこんな状態だ。あれほど加納に怒りを抱いていた国男ですら、無気力となってしまっている。無理もない。美希が助かるのを信じて強盗までしたのに、全てが嘘だったのだから。

結局、その後も四人に会話はなく、無言のままそれぞれの方向に分かれたのだった。

リビングには父と母、そして光二が食事していた。康太が帰ってきたというのに、誰も声はかけない。康太も何も言わず、自分の部屋に入りベッドに横になった。

もし自分が捕まったら三人はどんな顔をするだろうか。きっと、関係ないふりをするだろう。

加納静香も、騙された側の気持ちなんて関係ないというように、汚れた金に手をつけているのだろう。そう考えると怒りで頭がどうにかなりそうだった。

どうして自分はもっと慎重に行動しなかったのだろう。もっと深く調べていれば、騙されることはなかった。罪を犯すことなんてなかったのだ。加納から心臓移植の話を聞いたとき、美希が助かるということしか頭になく、みんな冷静さを失っていた。

よくよく考えれば、加納の話には有り得ないことがいくつもあったというのに。

一番悔しいのは、騙《だま》されたことよりも、美希の気持ちを踏みにじられたこと。美希はあの日、自分たちを信じて待っていたに違いないのだ。それでも美希は、自分たちを許すように微笑《ほほえ》んでくれる。そんな美希を見ているのが辛い。なぜあんなに純粋で優しい子が苦しみ、加納のような悪が楽して生きるのだ。逆ではないか。

奇跡でも何でもいい。美希を救ってほしい。また何かを犠牲にしなければならないというのなら何だって犠牲にする。

その後も康太はベッドの中でひたすら願い続けた。

雨だろうか？

外からザーッという音が聞こえだした。今日は気持ちとは裏腹にずっと晴天だったのだが。

突然、机に置いておいた携帯が鳴り出した。液晶には、『桜田良子』と表示されていた。

こんな時間に、一体どうしたというのか。

何だこの胸騒ぎは。

午後九時三十分だった。それはあまりに突然の知らせだった。

『美希の容態が、急変したの』

それを聞いた康太の右手から携帯が落ちた。康太は家を飛び出し、雨の中を猛然と走った。

現在 ⑧

七合目に着いたのは、小屋を出発して一時間以上が経ってからのことだった。

四人は崩れるようにして、柱の前で腰を下ろした。息が苦しくて、誰も口を開けなかった。康太たちは酸素を貪《むさぼ》るように、呼吸を繰り返す。康太の目には、遠くの緑の山々がぼやけて映る。意識朦朧《もうろう》に近い状態だった。

酸素が薄い中、雪の残った急斜面の道を歩き続けるのは体力的に不可能で、少し歩いては休む、を繰り返していたので、七合目に着くまでこんなにも時間がかかってしまった。

とはいえ、頂上に近づいているのは確かである。残りは約三分の一。頂上まであと少しだ。

ただ、康太の身体はとっくに限界を超えていた。特に足と腰の痛みが酷《ひど》く、歩く度にズキズキと痛みが襲いかかってくる。普通だったら歩くのは無理だろう。それでも康太を動かしているのは気力、そして加納静香を捕まえるという執念だ。

康太はパンパンに張った自分の足をマッサージしながら英紀の方に視線をやった。

自分よりも苦しい状況にあるのは彼だろう。一切弱音は吐かないが、英紀の足の痛みは尋常ではなさそうだ。怪我した右足首をかばいながら歩いていたせいか、左膝《ひだりひざ》に激痛を感じるようだ。患部をおさえ、歯を食いしばっている。

「英紀、大丈夫かよ」

声をかけると、英紀は顔を顰《しか》めながら頷《うなず》いた。

「これくらい、どうってことない」

「辛《つら》かったら言えよ。ペース合わせるから」

「ああ。わるいな」

次に康太は、国男の方に視線を移した。

国男の撃たれた右腕も心配だ。見る限りでは確かにかすり傷程度だったのだが、国男の腕に巻かれたハンカチはいつのまにか赤く染まっていた。反対に腕は色をなくしていた。

「おい国男。ちょっとハンカチ取って見せてみろ」

言うと国男は、

「大丈夫だよ。気にするな」

とムキになってそれを拒否した。

「でもその血」

「平気だって言ってるだろ」

まだ血が出続けているのかどうかは定かではないが、痛みを堪《こら》えているのは確かだ。苛立《いらだ》つのも無理はない。

しばらく休憩し、時計を見た国男が地面から這《は》って立ち上がった。

「そろそろ行くぞ。あともう一踏ん張りで頂上が見えてくるぞ」

三人はそれぞれ返事をし、身体の節々の痛みに顔を顰めながら立ち上がる。

四人は、ボロボロの状態でまた歩き始めた。

しかし、上に行けば行くほど地面の雪の量は増えていき、歩きづらくなっていく。先頭にいる国男が木の棒で雪の固まりを壊そうとするが、利き腕ではない左腕では思うようにいかず、苛立ちを見せる。

「国男。俺が代わるよ」

最後尾にいた康太が言うと、国男は強がることなく素直に返事した。

「わりい。頼む」

康太は国男から木の棒を受け取り、先頭に立った。そして両手を使って凍った雪を崩し、脇に払って一歩、二歩と進んでいく。もちろん、地面の雪を全て消しきることはできないが、この作業を繰り返すことによって事故を防げる。ただ、先頭の仕事は想像以上に力を使う。地面の雪はなかなか手強《てごわ》く、渾身《こんしん》の力で棒を叩《たた》きつけなければ割れないのだ。足は限界でも腕にはまだ余裕のあった康太だったが、しばらくすると、両腕も悲鳴を上げだした。筋肉を和らげようと腕を激しく動かすと、後ろから英紀が声をかけてきた。

「疲れたなら交代するか？」

康太はすぐに首を振った。国男は怪我しているというのに、ずっとこの仕事をしてきたのだ。ここで交代したら情けなすぎる。

「大丈夫だ」

背中を向けたままそう言って、康太はがむしゃらに雪を崩し、前を進んでいく。全身に痛みが走っても、呼吸が苦しくても、止まることなく坂道を進み続けた。

ふと気づけば、七合目を出発して三十分が経過していた。疲労困憊《こんぱい》の四人は会話を交わすことなく、フラフラと登っていく。

ずっと休むことなく足下の雪を崩し続けていた康太は、腕を上げようとしたが、諦《あきら》めるように木の棒を下げた。どうしても、腕に力が入らない。棒を上げることができないのだ。そろそろ休もうと、康太は三人に言おうとした。

「おい仁志」

国男の声が聞こえ、康太は立ち止まり振り返った。

「どうした？」

国男に聞くと、

「今、仁志が少しふらついたんだよ」

と言う。しかし仁志はすぐにそれを否定した。

「違うよ、足が滑ったんだよ」

とは言うが、彼の表情を見るだけで、疲労よりも身体が怠《だる》そうなのが分かる。思っていた通り、体調があまりよくないのであろう。

「仁志、本当に大丈夫か？」

確認すると仁志は、

「平気だよ」

と答える。嘘をついているのは明らかだった。しかしだからといって、体調をよくしてやることなんてできない。また、一人ここに置いていくのは危険すぎる。

「少し、休もう」

康太の提案に、全員が賛成した。

四人は、冷たい地面に腰を下ろした。先ほどよりも腰や足にズキズキと痛みを感じるが、体力と腕の力は回復していく。

「八合目は、まだまだ先だよな」

英紀が溜息《ためいき》交じりに言った。

康太は上を見ながら、実際あと何メートルで頂上なのだろうかと思う。そして、自分たちは無事に頂上に辿り着けるのだろうかと心配になった。

妙な胸騒ぎを感じたのはこの直後だった。

突然、冷たい強風が吹き付けてきた。それだけなら何も感じなかったのだが、木々に止まっていた鳥たちが、一斉にバタバタと飛び立っていったのだ。

動物は、自然の動きに敏感だという。これは何かの前触れか。気のせいならいいのだが。

今の冷たい風を受け、康太の脳裏に『あの夜』の出来事が鮮明に蘇《よみがえ》る。

あの夜も、外はとても冷たい風が吹いていた。

過去　⑧

夜空に一筋の光が走ると、心臓まで揺るがすほどの雷の音が周囲に鳴り響いた。

雨は、更に強まる。

康太はずぶ濡《ぬ》れになりながら夜道をひたすら走った。

『美希の容態が、急変したの』

それを聞いた瞬間、頭がどうにかなりそうだった。不安と恐怖に押し潰《つぶ》されそうになった康太は叫び声を上げた。

うっすらと霧のかかった病院が見えてきた。

康太はゆっくりと開く自動ドアを強引に手で開け全力で階段を駆け上がる。そして、美希の病室の扉に手をかけた。

中に入った瞬間、美希の名を呼ぶ良子、慌ただしく動く数人の看護師、そして心臓マッサージをする長田が瞳《ひとみ》に飛び込んでくる、はずだった。しかし部屋には誰もいない。

何なんだよこれは、と彼は頭の中で叫んだ。康太は呆然《ぼうぜん》と立ちつくす。

彼はハッとなった。ここにいるはずがない。美希は集中治療室に入っているのだ。パニックになった自分が病室に来てしまったのだ。

康太は、集中治療室前のベンチで待つ良子を見つけた。

「おばさん」

声が震えた。良子は立ち上がり、すがるように言った。

「戸部くん」

「美希の容態は！」

良子は俯《うつむ》いて言った。

「わからない。でも、非常に危険な状態だって」

康太は膝《ひざ》から崩れ落ちそうになった。

「そんな」

「本当に急だったの。急に激しい発作を起こして」

康太は認めないというように首を振った。

「嘘だ。そんなの嘘だ！」

良子は康太を落ち着かせた。

「祈りましょう。助かることを」

それから数分後、国男たちも集中治療室前に到着した。

「おばさん、美希は！　美希は大丈夫なんだろうな！」

国男が叫んだ。状況が状況だけに、良子は一瞬、どちらともいえない、という表情を見せたが、弱気になっている自分に気づいたのか、

「大丈夫よ」

と強く言い聞かせた。しかしその言葉を聞いても国男は落ち着かなかった。

「くそ、どうしてだよ！」

彼はベンチに拳《こぶし》を叩《たた》きつけた。

「おばさん、助かるよな？　絶対に助かるよな？　大丈夫だろ？」

混乱する英紀は良子に詰め寄った。それを仁志が止めた。

「落ち着いてヒデちゃん。今は待つしかないよ」

「そうよ。長田先生を信じて、待つのよ。大丈夫。美希はそんな弱い子じゃない」

良子の言葉に国男たちは強く頷《うなず》いた。康太は目を閉じて両手を重ね、神に祈った。

それから約三十分後、集中治療室の扉が開くと、一人の看護師が現れた。五人は一斉にベンチから立ち上がった。

「お母様、中へどうぞ」

看護師は良子を中へ呼んだ。看護師の表情と言葉だけでは美希の容態が分からなかった。

「おい、美希はどうなんだよ！」

国男が問い詰めたが、看護師は何も答えずに良子と集中治療室に入ってしまった。

「待てよ！　答えろよ！　どうして俺らはだめなんだよ！」

静まり返った廊下に国男の叫び声が響いた。しかし、室内からは反応がない。中の様子が全く分からず、四人は苛立《いらだ》ちよりも、不安に潰されそうになっていた。

それから約十分後、再び集中治療室の扉が開いた。出てきたのは先ほどの看護師だった。

「あなたたちも、どうぞ」

看護師はそう言って中へ入って行った。四人は一拍遅れたが、駆け足で室内に入った。

　すると、美希の前ですすり泣く良子の姿があった。長田や看護師に慌ただしさはなかった。機器の電源も切られ、集中治療室は静まり返っていた。

「美希？」

　康太は足を震わせながら近づく。ベッドには、青白い顔をした美希が静かに眠っていた。

　呼吸は、していなかった。

「すまない。全力を尽くしたんだが」

　長田が声を振り絞った。良子が頭を下げた。

「先生、本当にありがとうございました」

　良子は言って、四人に身体を向けた。

「みんな、もっとちゃんと見てあげて」

　康太はもう一歩近づいた。そしてもう一度声をかけた。

「美希？」

　しかし彼女に反応はない。康太は恐くなり、後ずさった。

　壁際に立っていた国男が声を上げた。

「ふざけんなよ！」

　国男は長田をキッと睨《にら》み付け、鬼のような顔で歩み寄る。そして、長田の胸ぐらを摑《つか》んだ。

「おい！　何やってんだよ！　勝手に美希を死なせてんじゃねえよ！　まだ美希は頑張れるよ！　助けてやってくれよ！」

長田は残念そうに首を振った。

「もう限界だったんだ。美希ちゃんは頑張ったよ。休ませてあげよう」

「何が限界だよ！　何が休ませてあげようだよ！　お前らが、お前らが美希を死なせたんだろ！」

泣きながら訴える国男を、看護師たちが取り押さえた。

「すまない。許してくれ」

長田は辛《つら》そうに集中治療室を出ていった。暴れていた国男も力尽きたように、動きを止めた。看護師たちが集中治療室から出ていくと、部屋はしんと静まり返った。

良子は静かに眠る美希に言葉をかけた。

「美希、よく頑張ったね。ごめんね、お母さん何もしてやれなかったね」

英紀と仁志も美希の傍《そば》に歩み寄る。

彼女の顔を見た瞬間、二人は大声で泣いた。

「戸部くんと後藤くんも美希に声をかけてあげて」

国男は力無く頷き、美希の前に立つ。しかし放心する康太の耳には良子の言葉は届かない。

「みんな見て。美希の顔、全然苦しそうでも悲しそうでもない。思い残すことなんてないような顔してるでしょ」

「はい」

仁志が声を絞り出すと、良子は言った。

「美希は、みんなに出会えて本当に嬉《うれ》しかったのよ。入院している間この子はきっと、みんなと最初に会った頃から今までの夢を見ていたんだと思う」

良子は美希に優しく微笑《ほほえ》みかけた。

「美希、あなたは幸せ者よ。こんなにも想ってくれる親友が四人もいたんだから」

良子は美希の顔をしばらく見つめた後、

「そうね。みんなと話したいわよね」

と美希に言って、集中治療室を飛び出していった。四人にずっと気丈に見せていたが限界だったのだろう。廊下から良子の泣き声が聞こえてくる。

良子が集中治療室からいなくなった後、康太はまたフラリと美希に歩み寄り、無表情のまま右手をとった。

まだ、温かさを感じる。しかしいくら握っても反応は返ってこない。

康太は口を開くが声にならなかった。

今にも目を覚ますのではないかと思うくらい、美希は晴れやかな顔をしている。

ついさっき、話したばかりではないか。

『みんな、いつもありがとう』

美希は予感していたというのか。自分の死を。

頼むから目を開けてくれと康太は願った。

美希が隣にいない人生なんて考えられない。もっともっと美希とはしたいことがあった。

将来は、一緒になるつもりだったのに。

俺はこの先、どう生きていけばいい？

いくら問いかけても、美希の声は聞こえてこない。段々と美希の右手が冷たくなっていくのが分かる。

頭に浮かぶ笑顔の美希が、段々と離れていき、やがて消え去ってしまった。

行かないでくれ、と康太は心で叫んだ。

こんな現実、受け入れられるわけがない。

そうだ。きっとすぐに目を覚ましてくれる。待っていれば、声をかけてくれる。

今の康太は本気でそう信じていた。だが当然その願いは届かなかった。

美希の眠る顔を一晩中、呆然《ぼうぜん》と見つめていた康太たちに、太陽の光が射し込む。

それでも四人は、美希の傍から動こうとはしなかった。

その後も康太だけはずっと美希の遺体の傍から離れなかった。一緒にアパートに戻り、葬儀屋が通夜の準備を行っている時も、棺桶《かんおけ》に入った美希にずっと話しかけていた。

良子たちは、そんな康太をしばらく黙って見守っていたが、ただ時間が過ぎていくばかりで、康太の様子は変わらない。

結局、棺桶の傍に康太を置いたまま、午後七時、美希の自宅で通夜は行われた。

黒と白の鯨幕がかけられた部屋に、続々と弔問客が訪れる。そのほとんどが学校の制服を着た者で、親戚《しんせき》らしき人物は見当たらない。

笑顔で写る美希の遺影を見た女子たちはすすり泣き、哀れみの声を洩《も》らす。しかしその中に、康太の方を見てヒソヒソと話す者もいた。先頭に座っていた国男が睨み付けると、その話し声はピタリと止んだ。英紀と仁志は、未だ美希の死を受け入れられずに棺桶の横にいる康太を心配そうに見つめる。

間もなく、住職のお経が始まると、お焼香が行われた。良子から始まり、国男、英紀、仁志とお焼香を済ませていく。

「戸部くん」

良子から声をかけられたが、康太は動こうとはしなかった。ただ、美希の眠るような顔をぼんやりと眺めていた。

その後も康太は弔問客には一瞥《いちべつ》もくれず、美希に小声で話しかける。

お経が終わると、康太の話し声は部屋中に広がり、再びどこからか耳打ち声が聞こえだす。変な目を向けられている康太を助けるように良子は立ち上がり、皆に話し始めた。

「みなさん、今日は美希のために来てくださり、本当にありがとうございました」

頭を下げた良子は、美希の写真を振り返り、話を続けた。

「美希は幼い頃から心臓が悪くて、小学校五年生までは、それが原因でイジメられていました。私はその事実を知っていながら、美希を助けてあげることができませんでした。六年生の時にここへ引っ越してきて、新しい学校に向かう美希を見て、私は心配していました。またイジメられたらどうしようと、気が気ではありませんでした。でもそれは大きな間違いでした。新たな学校で美希は、色々な友達に支えられ、それどころか、一生の親友に出会えることができました。ここにいる、戸部くん、後藤くん、平沼くん、伊藤くんの四人です。彼らは美希のために、本当によくしてくれました。いつ心臓発作が起こるか分からないからと、いつも一緒にいてくれて、何度も何度も美希を助けてくれました。中学三年生の時、美希の手術費のために彼らは学校に内緒で毎日毎日バイトまでしてくれました。何よりもまず美希のことを考えてくれている彼らを見て、私は心から感謝し、安心していました。美希も、本当に毎日が楽しそうでした。短い人生でしたが、美希はきっと後悔していないと思います。温かい仲間に囲まれて、美希は幸せだったと思います」

良子が話を終えると、康太に変な目を向けていた人間たちが、罪悪を感じるように顔を伏せた。今の話を聞き、大切な人を失った康太の辛い気持ちを痛感したのだろう。

良子は最後にもう一度、弔問客に御礼を言った。

「今日はみなさん、本当にありがとうございました」

挨拶《あいさつ》が終わると弔問客は立ち上がり、美希の顔を確認し、部屋を出ていく。

全員が帰ると、部屋の中はしんと静まり返る。国男たちは美希の遺影を見て、深く息を吐いた。

住職を見送り、部屋に戻ってきた良子は改めて康太たちに頭を下げた。

「みんな、今日は色々手伝ってもらったりしてありがとうね」

仁志が俯《うつむ》きながら首を振る。

「いえ」

「最後まで一緒にいられて、美希も嬉しかったと思うわ」

その言葉には、誰も返せない。

良子は、

「そうだ」

と呟《つぶや》き、押し入れの扉を開けて、お菓子の缶箱を両手で持ち、それを国男たちの前で開けた。中には、大量の茶封筒が入っていた。

「何ですか？　これ」

国男が聞くと、良子はありがたそうに言った。

「今まであなたたちが稼いでくれたお金よ。封筒に入れたまま、保管しておいたの」

たくさんの茶封筒を見た国男は、悔しさを押し殺す。

「これを、みんなに返そうと思うの。美希のためにここまでしてくれて、ありがとう。心から感謝してます」

国男たちは返答に窮した。

頭を上げた良子は、国男たちに明るくつとめた。

「ねえ、お腹空《す》いたでしょ？　何か買ってくるから、待っててね」

そう言い残し、良子は部屋を出ていった。扉が閉まると、再び部屋は静まり返る。

しばらく自分たちが稼いだ金を見つめていた国男は、茶封筒を鷲掴《わしづか》みにし、それを床に叩《たた》きつけた。

線香の煙が、ユラリと乱れる。

この時、康太の瞳《ひとみ》がピクリと反応した。

「こんな金、もう必要ねえよ！」

仁志が、国男を宥《なだ》める。

「そんなこと言ったら、おばさんや美希ちゃんが可哀想だよ」

「うるせえ。結局俺たちは、無力だったんだよ！」

二人のやり取りを黙って聞く英紀は悔しそうに拳《こぶし》を握った。

国男の怒りの矛先は、自分たちを騙《だま》した加納静香に向けられた。

「あの女が全て悪いんだ。あの女のせいで、全てがおかしくなったんだよ！　俺は絶対に許さねえぞ！」

英紀と仁志の表情も、怒りに染まっていく。

「俺もだ」

「僕も許さないよ」

ずっと美希の顔を眺めていた康太の脳裏にも、加納静香の顔が浮かんだ。

その瞬間、ずっと無気力状態だった康太の目が光った。

「俺だって許さない」

急に人が変わってしまったようだった。

「コウちゃん」

明らかに心が不安定な康太に仁志が声をかけるが、康太の耳には届かない。

康太は、目の前に浮かぶ加納を睨《にら》み付ける。

加納が殺したとまでは言わないが、あの女には美希に謝罪する義務がある。そして罰を受けるべきである。

俺は絶対に加納を見つけだす。

それを成し遂げられるまで、自首なんてできない。

瞳に再び美希の姿が映ると、康太の表情は今度は哀しげなものとなった。国男たちは、多重人格者を見ているようだった。

息をしていない美希の頭を康太は優しく撫《な》でた。

なんてきれいな顔なんだろう。

とても死んでいるとは思えなかった。声をかけたら、目を覚ますのではないか、写真のように笑ってくれるのではないか。そんな気がするのだ。

「康太、辛《つら》いけどな、美希は死んだんだよ」

国男が康太の目を覚まさせるように言うと、康太は静かに頷《うなず》き、か細い声で、

「分かってるよ」

と言った。

現在　⑨

美希の死を思い返した康太の瞳《ひとみ》から、止めどない涙が流れた。

あれから三ヶ月が経ったが、まだ実感がない。彼女が笑顔でひょっこりと現れるような気がするのである。

悲しみと闘うように、康太は地面の雪をがむしゃらに砕き、坂道を登っていく。

「康太どうした」

少し様子のおかしい康太に、英紀は疲れ切っていながらも声をかける。

「何でもない」

康太はただそう言って前を進んでいく。

温かい涙がポツポツと冷えた両手に落ちる。涙が止まらない。

そのせいで前がぼやけた。一旦《いったん》足を止め、康太は涙を拭《ぬぐ》った。

国男が声を上げたのはその直後だった。

「おい康太」

ただならぬ様子の国男は、上の方を指さしている。

「あれ、あれまさか」

康太の目もとらえた。数十メートル先なので微《かす》かではあるが、男の姿がある。

国男を撃った、あの男である！

休憩していたのだろう。自分たちが来るのを待っていたとは思えない。その証拠に、男はこちらに気づくと慌てて道を登っていった。相当な距離がつくと男は振り返り、また登っていく。今度は余裕の動きだ。背中が嘲笑《あざわら》っているようだった。

「間違いない。あいつだよ」

英紀が言うと、国男の目の色が変わった。

「あの野郎、とうとう見つけたぞ」

殺気立つ国男はくたくたのはずなのに康太から木の棒を奪い取り、一人勝手に登っていこうとした。

しかしその時である。

康太と英紀の声が、山に響いた。

「仁志！」

一瞬ふらついた仁志が、気を失うように倒れたのだ。

康太と英紀は、地面に横倒れとなった仁志を抱えた。

「おい仁志どうした！　大丈夫か！」

康太の呼びかけに仁志はうっすらと目を開け微かな反応を見せる。

「だ、大丈夫」

仁志は立ち上がろうとするが、力が抜けぐったりとなってしまった。

「無理するな」

康太は苦しそうに荒々しく呼吸を繰り返す仁志の額に手を載せた。

康太の手に嫌な熱さが伝わる。

「まずい、熱がある」

康太と英紀は素早く視線を合わせた。

「マジかよ」

国男は男の登っていった方と仁志とを見比べ、

「何とかしねえと」

と切迫した表情で康太に言った。

「何とかって言っても」

昨日の夜から仁志は様子がおかしかった。

やはり仁志はこんなになるまでずっと我慢していたのだ。小屋を出るときに無理だと判断し、仁志を置いていくべきだった。

この様子だと、四十度近くはあるはずだ。そんな状態で、酸素の薄い山道を登るなんてとても無理だ。しかし、場所が中途半端すぎる。こんな雪道に一人置いていくわけにはいかない。それは余計危険である。

もうじき八合目に着くだろうか。八合目に休憩できるような場所があればいいのだが、果たして仁志の身体が保《も》つか。

激しい呼吸を繰り返す仁志が、無理に立ち上がった。

「大丈夫、僕は行ける」

登る意思は見せるが、身体はフラフラである。

「でもよ」

心配する康太を退けて、仁志は傍にあった木の棒を拾い、それを杖《つえ》にして歩き出す。

「おい仁志」

呼びかけても、仁志は聞く耳を持たない。その姿を見て、国男が仁志の前を行く。

「行こう。後少しだ。頑張るんだ。康太と英紀は仁志を頼む」

かなり危険な状態だが、仁志の意思に賭《か》けるしかなかった。康太と英紀は頷《うなず》き、仁志を支えるようにして歩く。国男は、ゼーゼーと息をしながら地面の雪を砕いていく。

四人は一つになって、地道に一歩、また一歩と進んでいく。

その数分後である。

懸命に登る四人を嘲笑《あざわら》うかのように突然、濃霧が襲ってきた。

四人は同時に足を止め、目を細めた。視界が悪くなっただけではない。同時に気温がグンと下がり始めた。

自然は、神は、どこまで自分たちを苦しめるつもりなのだ。あの冷風と鳥たちの慌ただしい動きは、濃霧の前触れであった。

四人にトドメをさすように、更に風は強くなる。息をする度、白い煙がフワリと舞う。

「早く行くぞ。これでまた雨なんか降り出したら最悪だ」

国男の言うとおりだ。足を止めている場合ではない。雨にでもなったりしたら命だって落としかねない。それだけは絶対に許されない。康太は美希に誓ったのだ。このままでは終わらせないと。

崖《がけ》っぷちに立たされた康太たちは、お互いを支え合い、必死になって山道を登っていく。

しかし濃い霧が身体の芯《しん》まで冷やし、動きが鈍くなる。

一瞬、前にいる仁志が足をふらつかせた。康太と英紀は踏ん張って仁志の身体を支えるが、二人の身体もズルズルと下がっていく。

康太が耳元で声をかけると、怠《だる》そうな表情を浮かべる仁志は白い息をドッと吐き出し、弱々しく頷く。

「頑張れ、仁志」

また歩き出した仁志を見て康太は安心するが、正直もう人に貸す力なんて残ってはいない。自分自身が、疲労で倒れそうなのだ。それでも歩けるのは、脳裏に美希の姿があるからだ。彼女との約束を守らなければならないからだ。

寒さと酸素不足、そして極限の疲労と闘う四人は、それからも何度もふらつく仁志を支えながら、気力だけで歩いた。

頂上はまだなのか。こうなると焦りよりも祈りの方が強かった。

一体あと、何メートル残っているのだろうか。凍《い》てつくような風が、容赦なく吹き付ける。薄い酸素が、四人の肺を苦しめる。濃霧が、視界を妨げる。康太は、出口の見えないトンネルを歩いている錯覚に陥った。

歩いても歩いても、八合目すら見えてこない。

自分たちは本当に、頂上に向かっているのか？　登っているはずなのに、そんな考えさえ過《よ》ぎる。

康太は無意識のうちに、まるで夢で魘《うな》されているかのように、

「美希、美希」

と彼女の名を呼び続けていた。極限状態の康太は、美希の幻覚を見た。

美希が、心配そうに雪道の途中に立っているのだ。

康太は生き返ったかのようになり、前方に立っている彼女に、

「美希！」

と呼びかけた。

国男たちは立ち止まり、いるはずもないのに美希の姿を捜す。それほど三人も意識朦朧《もうろう》としていた。

幻覚に気づいた康太は憮然《ぶぜん》と肩を落とす。が、その直後に四人の歩調が速まった。

『八合目』

と書かれた柱がようやく立っていたのだ。ただ、康太たちの願いとは裏腹に、仁志が休めるような場所はない。

四人は八合目地点で足を止め、グッタリとその場に座った。体力は少しずつ回復していくが、節々の痛みは取れない。全身はもうぼろ雑巾《ぞうきん》のようである。

ただ、頂上はもう目の前だ。特に仁志の状態、そして山の状況は最悪だが、ここまでこられたのだ。諦《あきら》めずに力を合わせれば、必ず頂上に辿《たど》り着ける。

「行けそうか？　仁志」

国男に聞かれた仁志は、ぼんやりと遠くの方を見つめたまま、小さく二度頷《うなず》いた。

康太は仁志に手を貸し、彼を立たせてやる。ふらつく仁志の身体を、康太は受け止める。

「もう少しだぞ。頑張れ」

強い言葉をかけると仁志は、

「うん」

と声を絞り出す。

先頭の国男が歩みを再開させる。四人は強風と闘いながら、岩の転がった雪道を、ふらつきながらも何とか進んでいく。

康太は挫《くじ》けそうになる度、『あの時』の悲しみと、そして怒りを思い出し、頂上の方を見据えた。

過去　⑨

美希の死から、約一ヶ月が経った。

康太はこの日の朝、美希の自宅を尋ねた。

良子に部屋に通された康太は、仏壇の前で手を合わせ、天国にいる美希に心の中で詫《わ》びた。

すまない美希。俺、約束守れそうにない。もうどうしたらいいのか分からないんだ。

あれほど約束したというのに、申し訳なくて、自分が情けなすぎて、遺影を直視できなかった。

この一ヶ月間、康太は加納を捜し続けた。一切手掛かりはないが、もしかしたら同じ手口で人を騙《だま》しているのではないかと考え、康太は自分の住む区内の病院を一つひとつ、警察や人々の目を気にしながら回っていった。

しかし、加納静香を捜し出すのはそう容易ではなかった。横浜にいるかなんて分からないし、その可能性は薄い。仮にいたとしても、どこかの病院にいる保証なんてない。

康太は犯罪者である。警察は頼れない。何の手掛かりもない人間を単独で捜すのは不可能に近かった。

早くも八方ふさがりとなってしまった康太は、家に閉じこもる時間が多くなっていた。もう捜しようがないし、心のどこかでは、外に出るのを恐れていた。もうじき捕まるのではないかと、ビクビクしている。

無力で、情けない自分が康太は嫌でたまらなくなっていた。

目を開けると、ポツリと置かれた骨壺《こつつぼ》が瞳《ひとみ》に映る。こんな小さな中に美希がいると思うとたまらなくなった。辛《つら》い気持ちを隠すように、康太は財布の中から一枚の写真を取りだした。

それは高校二年の時、国男が横浜に帰ってきた翌日、みんなで遊園地で撮った写真である。

久々に五人が揃い、皆ホッとしたのだろう。五人は幼い子供のように、無邪気に笑っている。あの日は美希にも何事もなく、最高の一日を過ごすことができた。

今思えば、あの頃が一番幸せだったのかもしれない。

結局、五人揃って写真を撮ったのは、この時が最後となってしまった。

一年後、こんなことになるなんて考えてもいなかった。

写真を見つめていると、他にも楽しかった想い出が次々と蘇《よみがえ》ってきた。短い時間では思い出しきれないほど、美希とは多くの時間を過ごした。

だがよく考えてみると、美希と出会ってたった七年しか経っていないのだ。

彼女が転校してきた翌日、朝二人で会話したのを今でもよく憶《おぼ》えている。あれが美希との始まりだった。

この七年間、彼は美希だけのために生きてきた。美希を守るために、毎日必死だった。

美希とは一生、一緒にいられると思っていた。二人でもっと色々な所へ行ったり、色々なことをしたかったのに。

美希が死んだのは自分のせいだ。あの時、自分が大地を助けていればこんなことにはならなかった。

銀行強盗より何より、美希を死なせてしまったのが一番の罪だ。一生償うことのできない罪。俺は死ぬまで後悔するだろう。

悔しさに拳《こぶし》を震わせる康太に、良子が声をかけた。

「戸部くん。お茶」

美希が死んで以来、良子の優しさに触れるたび、康太は辛い気持ちになる。

「ありがとうございます」

良子は美希の遺影を見つめながら、美希に話しかけるように言った。

「早いわね。もう一ヶ月が経ったのね」

現実は受け止めているが、まだ実感が湧かない。振り返れば美希が立っていそうな、そんな気がする。

美希が死んで希望を失った良子は、あまり仕事に出ていないようだった。美希が生きていた頃は毎日昼夜問わず働いていて、いつも疲れている印象を受けていたが、それ以上に今の良子は老いたように感じる。自分と同じで、瞳に光がない。彼女にとっても娘が生き甲斐《がい》だったのだ。

「戸部くんは、美希の夢見る？」

そう質問された康太は、昨晩の夢を思い出した。目の前にいる美希が、ポロポロと涙を流していたのだ。その理由は自分でも分かっていた。康太は今朝、飛び上がるようにして起きた。

「はい。見ます」

康太がそう答えると、良子は残念そうに、

「そう」

と呟《つぶや》く。

「どうかしたんですか？」

「最近、夢に出てきてくれないのよ。だから寂しくてね」

どう返したらよいのだろうか。自分に励ます資格なんてない。

「ごめんね。また暗くなっちゃったね」

「いえ」

良子は、雰囲気を明るくさせようと話題を変えた。

「そうだ戸部くん。少し遅れちゃったけど、高校卒業おめでとう。来月から、大学生になるのよね」

「ああ、はい」

「頑張らなきゃね」

付属なので入学は決まっているが、そうでなければ大学受験は行かなかったろう。到底そんな気にはなれなかった。

いや、どちらにせよ四月になっても大学へは行かないだろう。

いや、周りの目が恐くて行けないだろう。

「そうですね」

良子を心配させないよう、康太はこの場ではそう答えた。

「ねえそういえば、後藤くんたちとは会っているの？　お葬式以来、四人揃って家に来てないわよね。この前だって、後藤くん一人で家に来たし」

良子は鋭かった。その通りだ。この一ヶ月、康太は誰とも顔を合わせていない。連絡が来ないということは、三人もそうなのではないか。四人の間に何かがあったわけではないが、皆、会う気になれないのだろう。このまま四人はバラバラになるのではないか。今の康太は、それはそれで仕方ないと、簡単に考えてしまっていた。

「何があったか知らないけど、おばさんは四人揃って顔を見せてほしいのよ。そうじゃなきや寂しいじゃない」

「そうですね。次は四人で来ます」

康太はここでまた嘘をついた。今はまだ国男たちとは顔を合わせたくない。

「待ってるわ」

良子と約束した康太は、ゆっくりと立ち上がった。

「じゃあ、そろそろ行きます」

「今日はありがとう。気をつけてね」

美希の家を後にした康太は、無意識のうちに想い出のたくさんつまった公園に足を進めていた。

殺風景な公園には、誰一人いない。

ブランコに腰掛けた康太は、そっと目を閉じた。すると、幼い頃の自分たちが暗闇に浮かび上がる。公園で遊ぶ五人は、心底楽しそうだ。美希も、満面の笑みを浮かべている。

目を開けた瞬間、現実に引き戻された。冷たい風が、康太に吹き付ける。

康太は財布の中からもう一度、美希が写っている写真を取り出す。そして美希に問いかけた。

約束の守れない俺なんて、もう嫌いだよな。

でも、どうしようもないんだ。捜しようがないんだよ。

俺たちはこのまま、どうなってしまうんだろう。何もできないまま、捕まるのだろうか。

いくら問いかけても、美希の声が聞こえてくるはずもなく、無駄な時間が過ぎていくばかりだった。考えれば考えるほど、不安が募る一方だった。


その後も、加納静香の手掛かりなど見つかるはずもなく、動きようがない康太は、家に閉じこもる日々が続いた。四月に入ってもそれは変わらなかった。大学に行く気になんてなれなかった。いや、行ってはならないと思った。自分は周りとは違う。犯罪者なのだから。

国男たちとも、一切連絡は取らなかった。また、彼らからも連絡はなかった。美希の死をきっかけに、四人は完全にバラバラになってしまった。ただ、三人が今どうしているのか、それは毎日考えていた。

結局何もできないまま、五人でいた頃を懐かしむ日々だった。どれだけ時間が経とうと加納に対する気持ちは変わらないが、いくら悩んだところでどうすることもできない。この先の不安や、悔しさばかりが募る毎日だ。

俺は、どうすればいい？　と毎日のように康太は美希にそう問いかけていた。最終的には自分で答えを見つけなければならないことくらい分かっているが、解決策がどうしても見えてこない。

だが美希が死んで約三ヶ月が経った五月十四日、この日の正午、突然動きがあった。

この日も朝からずっと部屋に閉じこもっていた康太は、部屋に鳴り響くチャイムの音に反応した。こんな時に限って、母は友人とランチに出かけていた。そのため家にいるのは自分ただ一人だった。だが康太は立ち上がろうともしなかった。

チャイムはしつこく鳴っている。康太は毛布を被《かぶ》り、相手が諦《あきら》めるのを待った。

今度はドアが叩《たた》かれた。さすがの康太もその行為には苛立《いらだ》った。

早く行けよ！

心の中で言い放ったその時だ。

「戸部さん？　戸部康太さん？　速達です」

と、郵便配達員の柔らかい声が聞こえてきたのだ。

「速達？」

しかもこの俺に？

康太は被っていた毛布をはいだ。

康太は部屋を飛び出し、急いでドアを開けた。

「戸部さん。速達です」

長い時間出なかったので康太はバツが悪かった。

「どうも」

配達員から白い封筒を受け取った康太は部屋に戻り、封筒をまじまじと見る。郵便番号の上には、『速達』の赤い文字が捺《お》されている。裏を返しても、差出人の名前は書かれてはいなかった。

薄気味悪いが、『戸部康太様』と達筆に書かれているのを見ると、そう怪しくもなさそうだ。

封を切った康太は、一枚の便箋《びんせん》をとりだした。そこには、短くこう書かれてあった。

『私は今から、山梨県西八代郡にある、神獄山に登ります。私の運命は、あなたたちに委《ゆだ》ねます。頂上で待っています』

不気味かつ不可解な文の最後には、

『加納静香』

と書かれてあった。

その名前を見た康太は愕然《がくぜん》となった。

そして、自分の目を疑った。

しかし確かに加納静香と書かれてある。

加納からの突然の手紙に、康太は動揺を隠せない。混乱する頭を必死に整理する。

信じられなかった。まさか加納から手紙が送られてくるなんて。考えてもいなかったことだ。

しかし今になってどうしてだ。

しかもこの内容はなんだ。ふざけているとしか思えない。

美希のために銀行から奪った金を、涼しい顔して騙《だま》し取っていった加納が脳裏を過《よ》ぎる。

康太は一時の感情で、手に持っていた便箋をクシャリと握り潰《つぶ》した。

しかしすぐに自分の過ちに気づいた康太は、くしゃくしゃになった手紙を広げ、もう一度冷静に文を目で追っていく。

山梨県、神獄山。

私は今から神獄山に登ります。

私の運命は、あなたたちに委ねます。

頂上で待っています……。

どういうことだ、これは。

読めば読むほど謎は深まる。本当に加納自らが送ってきた物なのか。

加納はなぜ、こんな手紙を送ってきたのか。運命を委ねるとは、どういうことだ。ただの嫌がらせか。そう考えるのが普通だろう。なのに、どうしても手紙を捨てることができない。康太は何度も手紙を読み返す。

もし、万が一ここに書かれているのが事実だとしたら。

もしかしたらこれは、再び加納に会う最初で最後のチャンスなのではないか。この手紙に書かれているのは不可解なことばかりだ。あの女に踊らされているだけかもしれない。だが、無視することはできない。

とにかく、この内容を国男たちにも知らせなければならない。

康太は机の上から携帯を取り、急いで国男に連絡した。

「もしもし、国男か」

この時、康太は既に決めていた。

三人が何と言おうと、自分は神獄山に向かう。

初めから加納を捜す手段なんてなかったんだ。選択肢なんかない。来いと言われれば、行くしかない。

全ては美希のためである。

「実はな、国男」

康太は彼に手紙の内容を話し、明日《あした》、神獄山に向かう意を伝えた。

現在 ⑩

八合目を越え、二日間続いた神獄山との闘いもいよいよ最終局面だ。だが、それで幕が閉じるわけではない。二日前に届いた手紙に書いてあった通りに、加納が頂上にいなければ、全てを終わらせることはできない。

しかし、頂上に近づけば近づくほど、過酷さは増す。凍えるほどの冷たい風が、弱り切っている四人を容赦なく襲う。四人を死に導くように。

いつ倒れてもおかしくない状態の四人は、精神力だけで歩き続けていた。

ふと、青白くなった顔を上げた康太は、どこまでも続く坂道におかしくなりそうになった。そのたびに、隣にいる美希が勇気づけてくれた。意識が遠のきそうになると、身体を支えてくれた。

気持ちはいつだって『五人』である。

康太たちはお互いを助け合いながら、険しい道のりを一歩、また一歩と踏みしめていく。

頂上はまだなのか。

その願いとは裏腹に、二重、三重となって見える仁志が、ガクリと崩れ落ちた。

三人は蹌踉《よろ》けながらも力を合わせ、仁志の重い身体を起きあがらせる。意識がハッキリとしていない仁志の頬を、国男がパンパンと叩く。

「仁志、おいしっかりしろ」

仁志は寒さに震えながらコクコクと頷《うなず》き、うっすらと目を開けた。今の仁志は、人間の限界を超えていた。彼は今、四十度近くの熱があるのだ。いや、先ほどよりも症状は酷《ひど》くなっているかもしれない。なのにこんな過酷な道を歩き続けている。立ったまま気絶したっておかしくない。

一番辛《つら》く苦しいのは分かっている。もう歩きたくないだろう。

それでも仁志を登らせなければならない。この状況で立ち止まらせたら、仁志は死んでしまう。

「行くぞ」

国男の声がかかると、四人は歩みを再開させる。

その後も何度も仁志は崩れ落ちたが、決して弱音は吐かなかった。また三人も、倒れる仁志を懸命に支えた。更に気温が下がろうと、押し返されるほどの強風が吹こうと負けなかった。

しかし、康太が急にある錯覚に囚《とら》われたのは八合目を越え、約一時間が経ってからのことだった。

気のせいか、いくら進んでも九合目地点が見えてこない。辺りが雪で覆われ始めたせいか、景色の変化が感じられない。康太は、同じ場所をずっと歩き続けているような錯覚に陥った。

康太は急に不安になりふと振り返る。だが、辺りは薄暗い雲に覆われており、向こう側の山々が一切見えない。

一瞬、山を包む薄暗い雲が檻《おり》のように見えた。

周りに気を取られていた康太は地面の木の根に足をとられ、激しく前に倒れた。この時に唇を切ってしまい、生ぬるい血が口に広がる。

「おい、大丈夫か康太」

康太は英紀に手を借り、立ち上がる。

「あ、ああ」

康太は、顔や服に付いた泥を払うことなく歩みを再開させる。しかし、その後も辺りの様子に変化はない。

本当に山道を彷徨《さまよ》っているのではないかと恐ろしくなるくらい、同じような道を歩き続けた。

国男が足を止めたのは、それから約三十分も後のことだった。

「おい、あれ」

国男の口から、フワリと白い息が舞う。

少し先に、雪の積もった白い柱が見えてきた。

四人はその柱に向かい足を止めた。そこには『この先、山頂』と書かれてあった。

その文字を見た康太は心底安堵《あんど》した。だが油断は禁物である。最後の最後まで気を緩めてはならない。何事もゴールの手前が一番危険なのだ。国男も英紀も、それは分かっている様子だ。

しかし仁志はグッタリと柱に身体を預けてしまったまま動こうとはしなかった。無理もない。八合目からここまで相当な時間を要したのだ。

仁志が苦しいのは重々承知している。が、康太は一分少々の休憩で仁志をしっかりと立たせた。

仁志には無情と思われるかもしれないが、今、長い休憩を取るのは危険だ。登る気力を奪い取られる。

「頂上はすぐそこだ。一気に行こう」

康太の言葉に国男と英紀は了解するが、仁志はもう少し休みたそうだ。それでも康太は仁志の腕をとった。

「仁志、辛いけどもう少しの我慢だ。頑張るんだ！」

だが、こちらの声が耳に届いていないのか、仁志は目を閉じたまま微動だにしない。

「しっかりしろ仁志！」

康太が強く肩を摑《つか》むと、仁志は眠りから覚めたかのようにゆっくりと目を開け、怠《だる》そうに頷いた。

「頑張るんだ！」

康太は仁志を励まし、背中を軽く押し出してやった。康太は歩きながら、心の中で仁志にごめんと詫《わ》びた。強引に歩かせるのは心が痛むが、仁志のためだ。今は心を鬼にしなければならない。

すぐに歩きを再開させた康太たちは、最後の区間を死にものぐるいで進んでいく。重い身体を前に前に持っていく。行く手を阻むような岩が立ちはだかろうが立ち止まることなく乗り越え、地面の草木に足を取られて転んでも、力つきることなく這《は》い上がった。

頂上まであと少し。ここまで来て負けられるか！

康太たちは、自然を相手に必死に闘った。そして己との闘いにも負けなかった。

国男が歓声を上げたのは、『頂上付近』と書かれた柱を越えてから、約二十分後のことだった。

「おい見ろ」

三人は国男の指さす先に目を向ける。

薄暗い雲に覆われているのでまだハッキリとは見えないが、ようやく頂上が見えてきたのだ。

頂上付近と記されていたとはいえ、もう少し時間がかかると思っていたが、逆にそうだとしたら仁志がどうなっていたか。

康太は先の光景に、拳《こぶし》を握りしめた。

やっと、ここまできたのである。

果たして、加納はいるのか。

「行こう」

国男は声を絞り出し、歩き出す。

残りは数十メートルだと、康太たちも力を振り絞って雪道を歩く。

頂上へ向かう康太たちは、ずっと雲に覆われていた頂上手前の光景を目の当たりにした瞬間愕然《がくぜん》と足を止めた。

最後の最後に、四人の前に大きな壁が立ちはだかったのだ。

康太たちの瞳《ひとみ》に、雪で白く覆われたいくつもの巨大な岩が映った。

そのいくつもの巨大な岩が、六、七メートルくらいの高さまで無造作に積み重ねられており、それを登らなければ頂上には辿《たど》り着けないのだ。もし天気が良好で、体力にも余裕があるのなら難なく登ることができるだろう。しかし今の康太たちにはその石重が、塔のように見えた。

厄介なのは岩に積もった雪だ。足を滑らし、落ちたら大変なことになる。命を落とす可能性だってある。一瞬たりとも気を緩めることはできない。集中の糸が切れている四人には、危険すぎる壁であった。

高く積み重ねられた岩は、こちらをじっと見据えているようであった。登れるものなら登ってみろと、言っているようだ。

「嘘だろ……」

さすがの国男もこれには弱気な声を出した。英紀はこの現実を恐れるように、顔を伏せる。

康太も圧倒されたまま、動くことができない。

四人を嘲笑《あざわら》うかのように、ヒューヒューと冷たい風が吹き付ける。

とうに限界を超えていた仁志が、膝《ひざ》から地面に崩れ落ちた。彼は目の前の光景に怯《おび》えながら言った。

「もう無理だよ。こんなの登れるわけない」

康太は、弱音を吐く仁志をキッと睨《にら》み付けた。

「ここまで来て何言ってんだ！　しっかりしろ！」

康太は仁志の弱い心に檄《げき》を飛ばすが、完全に怖《お》じ気づいている仁志は首を横に振り、頂上を目前にして、ギブアップを口にしたのだ。

「みんな、僕を置いて行っていいよ。僕がいたら、足手まといになるから」

その瞬間、康太の最後の糸がプチリと切れた。鬼のような形相で、康太は仁志の肩を鷲摑《わしづか》み、彼を強引に立ち上がらせた。

「何情けねえこと言ってんだ。テメエそれでも男か。忘れたのかよ、あの時の怒りを。俺たちはあの女に騙《だま》されただけじゃない。美希の心まで踏みにじられたんだぞ！」

悔しくて、仁志に訴えているうちに涙がこぼれた。その涙に、仁志は胸を熱くさせた。

「コウちゃん」

「ここまで一緒にやってきたじゃないか。最後まで、俺たちは一緒だろ？」

すぐ隣にいた国男が、手を差し出す。

「仁志、頑張ろうぜ」

英紀が、その上に手を載せた。

「俺たちがバックアップするから。行こう仁志」

康太も、手を差し出した。

「仁志が一番辛《つら》いのは分かってる。でも行くんだ。みんなで」

仁志は涙を浮かべ頷《うなず》いた。そして三人の手に自分の手を重ね、弱々しくではあるが、行く決意を見せた。

「ごめんみんな。僕、頑張るよ」

四人は目の前の岩を見据え、気合いを入れた。手を離した康太は仁志に優しい顔を見せ、顔についている泥を払い落としてやった。

「準備はいいか？」

国男が改めて三人の気持ちを確認する。英紀と仁志は息を呑《の》み、首を縦に動かした。

康太はそっと目を閉じ、ポケットの中にある赤いお守りを握りしめ、美希の姿を思い浮かべた。

美希、どうか俺たちを守ってくれ。

彼女にそう告げた康太は目を開き、口元を強く結んだ。

「行こう」

康太は仁志に先頭を行くよう指示し、三人はその後ろを続く。

岩に手をかける前、不安そうにこちらを振り返る仁志に三人は強く頷き勇気づけた。

仁志は恐る恐る岩に手をかけた。雪に触れた仁志の両手は、小刻みに震える。

「いいか仁志」

三人は仁志に確認し、呼吸を合わせて彼の足を持ち上げ、お尻《しり》をそっと押し出した。三人の力を貰《もら》い、仁志は何とか岩の上に立つ。二番目に登ったのは英紀だ。仁志の時と同じように、康太と国男は英紀をサポートする。その後に国男が続いた。順番が回ってきた康太は神経を集中させ、岩に手をかける。麻痺《まひ》状態に近い指先に、針が刺さるような痛みが走る。その痛みに耐え、両手にグッと力を入れた康太は岩に足をかけ、一段目を登る。康太はゼーゼーと息を荒らげながら、仁志に指示を出す。

左右どちらにも行けそうだが、康太は迷わず左の岩を指さした。左の方が面積が広いし、一段目の岩と隣接しているので移動もしやすい。

康太から指示を受けた仁志は怯えながら岩に手をかける。

ここからは本当に失敗はできない。落ちたりでもしたら確実に大怪我を負う。

「慎重に。足もと気をつけろ」

康太たちは注意を促しながら、仁志の身体を支える。岩に足が伸びたところで、先ほどと同じように仁志の身体を持ち上げた。

仁志は泥まみれになりながら岩にしがみつき、蹌踉《よろ》けながらも立ち上がる。下の三人が登り終えるまで、仁志は隣の岩によりかかり、放心しているかのように一点を見つめていた。意識朦朧《もうろう》としている仁志の頬を、康太は軽く叩《たた》いた。

「仁志！　しっかりしろ！　落ちたら死ぬぞ！」

ハッとなった仁志は、恐る恐る下を向く。悪い映像が掠《かす》めたのか、仁志は一瞬で目をそらした。康太も、見てはならないと分かってはいるのだが、無意識のうちに下の方に視線がいっていた。

既に、股間《こかん》が縮み上がるほどの高さにまでやってきている。康太は不安や恐れを押し殺すように、拳を握り頂上を見据える。

三人に視線を戻すと、仁志は再び下に目を向けていた。今度はあまりの恐ろしさに硬直してしまっている。

「仁志！　絶対に下見るな！」

康太は仁志に強く言い聞かせ、斜め左にある岩を指示した。

しかし、どうしても下が気になる仁志は、慌てて岩を登ろうとする。康太は仁志のお尻を支えながら、必死に声をかける。

「落ち着け仁志！」

仁志は小刻みに頷き、岩にしがみつき、足を伸ばす。

その時だ。

一瞬気を抜いたのだろう。仁志が手を滑らせたのだ。岩から離れた仁志の身体が、三人の腕にグッとのしかかる。康太たちは死にものぐるいで仁志の身体を受け止めた。

「仁志！　岩にしがみつけ。早く！」

康太は必死で声を上げた。もう、腕に力が入らない。足が崩れそうなのだ。

この時、三人のうち誰かが仁志の重さに負けて足を滑らせていたら終わりだったろう。仁志は岩に手をかけ、足を伸ばし、何とか登ることができた。

「ごめん、みんな」

上から仁志の声がするが、力を使い果たした三人は、その場に座り込んだまま言葉を返すことすらできない。二、三分の休憩を取り、ようやく康太たちは立ち上がることができた。上でずっと康太たちを心配そうに見つめていた仁志は、登ってきた三人に申し訳なさそうな表情を見せる。

国男は、そんな仁志の肩にそっと手を置いた。

「大丈夫だったか？」

「うん」

ホッと息を吐く仁志に、康太は厳しく言い放った。

「分かったろ仁志。死にたくなければ絶対に気を抜くな。一人がミスれば、全員が死ぬんだ」

「ごめん、分かった」

仁志のその言葉に、康太は強く頷いた。

「よし、あと少しだ。気合い入れて行くぞ」

それから四人は疲労困憊《こんぱい》ながらも気だけは確かに持ち、強風を受けてもしっかりと岩にしがみつき、石重を地道に一つ、二つと登っていく。

登れば登るほど緊張感は増していく。

しかしいつしか四人は下の光景に囚《とら》われなくなっていた。神経を研ぎ澄まし、登ることだけに集中する。

改めて思う。もし、この神獄山を一人で登っていたとしたら、頂上には辿《たど》り着かなかったろう。

四人の瞳《ひとみ》には、最後の一段が映っていた。

髪はボサボサに乱れ、雪で濡《ぬ》れた衣服は泥だらけ。全身ボロボロになりながら、やっとここまできたのだ。

すぐそこに、加納静香はいるのか。

国男の表情が再び鋭くなった。

「行くぞ」

「仁志」

康太が指示すると、仁志は最後の一段に手をかけた。

その直後である。

銃声が鳴り響いたのだ。

登ろうとしていた仁志は手を離し、こちらを振り返る。三人と顔を見合わせる康太の脳裏に、あの男の姿が蘇《よみがえ》った。

頂上で、何が起こってるんだ。

まさか、加納が撃たれたのではないか。

四人は頂上へと急いだ。

小屋を出発して約四時間が経過していた。時計の針は、ちょうど午前十一時を示していた。

仁志、英紀、国男の順で頂上に到達していく。最後になった康太も、国男と英紀に引き上げられて、無事頂上に辿り着いた。

四人の瞳に映るのは、いくつもそびえ立つ山々と、まるで目の前に浮かんでいるかのような大きな雲。山間《やまあい》から微《かす》かに湖ものぞく。全員の視線が、数メートル先にポツリと建つ、白い山小屋をとらえた。

四人は更に警戒心を高めた。乱れる呼吸を必死におさえ、緊迫した空気の中、康太の合図で四人はゴツゴツした道を歩き出す。すぐ傍に、『神獄山頂上』と書かれた柱が堂々と立っているが、四人は一瞥《いちべつ》もくれることなく通り過ぎる。

どこにも人の姿がない。確かに頂上から銃声がしたのだが。

あの山小屋にいるのか。

四人は息を呑《の》み、恐る恐る山小屋に近づいていく。康太は三人に目で合図を飛ばし、小屋の前で足を止めた。

山小屋がギシギシと音を立てるのは強風のせいか。

小屋から音がするたび、心臓がドクンと強く波打つ。

康太はなかなか動き出せない。脳裏に響く銃声が、決意を鈍らせる。

小屋のドアノブに手を伸ばしたのは国男だった。待て、というように康太は国男の服を摑《つか》む。しかし振り返った国男は、

「下がってろ」

と三人に言って小屋に向き直った。

安易に中に入って何かあったらどうする。

もし、奴が平気で人を殺せるような人間なら、余計危険だ。

もう少し様子を窺《うかが》うべきなのではないか。

しかしもう遅かった。適切な判断を下す前に、国男はドアを引いていたのだ。

緊張はピークに達する。

三人は、覚悟を決めるしかなかった。康太は一歩も下がらず、顔も背けず、小屋を見据えた。

キキキと錆《さ》びた音を立てながら、ドアが開いた。勢い良く国男が小屋の中に入り込む。

しかし、八畳ほどある小屋の中は真っ暗で、加納はおろか、あの男すらいなかった。

「一体どうなってんだよ」

男すらいない状況に国男は混乱する。人間がいた痕跡《こんせき》すらないのだ。

「俺たち、また加納に騙《だま》されたんだ」

そう結論づける英紀の胸ぐらを思い切り掴んだ国男は、

「そんな訳ねえだろ！　どこかにいるはずだ！」

と怒鳴り、英紀を突き飛ばした。完全に冷静さを失っている国男を宥《なだ》めた康太は、ある仮説を立てた。

「俺たちは勘違いしていたのかもしれない。奴は下山する直前、もしくは直後に発砲したんじゃないのか」

「何の為にだよ」

国男の問いに、康太は推理した。

「加納を、脅すため。もしくは連れ去るため」

その答えに国男の目つきが変わった。

「行くぞ！　反対側から下山してるはずだ！」

四人が小屋を飛び出すと、頂上に男の声が響き渡った。

「残念だったな」

四人は咄嗟《とっさ》に足を止め、辺りを見渡す。が、人の姿はない。

人間の影が現れたのは、小屋の裏からだった。国男を撃った男と、男に後ろから首を絞めつけられた加納静香が姿を現したのだ。

あの手紙に書かれていた通りだった。加納静香は本当に、この神獄山に来ていた。

しかし康太の瞳に映る加納はまるで別人のようだった。いつからこの山にいたというのだ。何も食べていないのか、加納は憔悴《しょうすい》しきっており、瞳も死んでしまっている。化粧も髪もしっかりと整え、スーツをびしっと着こなした、堂々としていた加納静香はそこにはいない。

それにしても、と康太は思った。加納の背後に立つ男は彼らが想像していた野間口ではなかった。男が何者なのか、四人は見当がつかなかった。

男はフッと笑い、国男の右腕を銃で示した。

「馬鹿な奴らだ。わざわざ警告までしてやったのに、頂上まできやがった」

男もここまでくるのに相当苦戦したのだろう。こちらを鋭く睨《にら》み付けてはいるが、どこか力がなく、荒々しい呼吸を繰り返している。疲れが出ているのはもちろん表情だけではない。足もピクピクと震えている。

康太は突然妙な感覚にとらわれた。

男が姿を現した時、最初は全く見覚えがないと思ったが、よく見てみると、この目のつり上がった若い男、どこかで見た気がする。しかし、ニット帽を目深に被《かぶ》っているため、どうしても思い出せない。

それより、この男と加納はどんな関係なのだ。撃たれてもおかしくない状況だというのに、加納に怯《おび》えた様子は全くない。ほんの微かではあるが、なぜか悲しそうな表情を浮かべている。

この三ヶ月の間に加納に何があったというのだ。この女がどうなったって関係はないのに、心のどこかで気になっている自分がいる。

男は息を乱しながら上唇をニヤリと浮かした。

「お前たちに静香は渡さねえよ」

四人は、男の加納に対する呼び方に違和感をおぼえた。

まるで親しい友人、もしくは恋人に対する呼び方ではないか。

状況がつかめない四人に、男は続けて聞かせた。

「静香がどういうつもりでこんな行動をとったのかは知らねえが、俺はどこまでも静香を追いかけるぜ。こんなに金になる女、そうそういねえ。だからよ、お前たちには絶対、静香は渡さねえよ。何されるか分からねえからな」

四人は男が言っている意味が理解できなかった。

国男は男に一歩近づいて言った。

「ふざけんな。その女をよこせ」

男の眉《まゆ》がピクリとつり上がった。

「何言っている。この状況が分かっていないようだな」

と男は手に持っている銃を見せつけた。しかし国男は怯《ひる》むどころか更に一歩近づいて言った。

「そんなもん知るか。俺たちだってそいつを渡す訳にはいかねえんだ。そいつのせいで美希は死んだんだ。その女を殺すつもりできたんだよ俺たちは！」

ずっと俯《うつむ》いていた加納は、美希の死という言葉に強い反応を示した。まるで身内の死を知ったかのように、大きなショックを受けている。

国男の言葉に、男の笑い声が聞こえてきた。

「てめえ、何がおかしい！」

銃を持つ男に向かおうとする国男を、英紀が止めた。

男は愉快そうに笑った後言った。

「そうか、あの子死んじまったのか。そら気の毒だったな」

まるで美希を知っているかのような言い方ではないか。

「どういうことだ」

男は康太を一瞥し、フッと鼻で笑うと、やれやれというような顔を見せ、真実を語り始めた。

「頂上まで登ってきたご褒美だ。面白いことを教えてやるよ。お前たちは静香にハメられたと思っているようだがな、全ての計画を立てたのはこの俺だぜ。静香は俺の言う通りに動いただけだ」

美希を知っていると分かった時、まさかとは思ったが、この二人やはりグルだったのか！　真実を知った康太はようやく、記憶の中で男の姿をハッキリととらえた。

やっと思い出した。やはり自分はこの男を見ている。美希が入院していた病院で、だ。加納に話しかけられる直前、自分はこの男と廊下でぶつかっている。こちらが謝っても男は何も言わずに去っていった。

あまりに一瞬過ぎてなかなか思い出せなかったが間違いない。

康太の頭の中でフラッシュバックした。すれ違った男。そしてある映像が。

手洗い場の近くで、男と加納が密談する。二人の目は、ターゲットである自分をとらえた。

康太の愕然《がくぜん》とする顔を見て、男は小馬鹿にするようにクスクスと笑った。

「やっと思い出してくれたかい？　戸部康太くん」

沸々とこみ上げる怒りを、康太は必死にこらえる。今は下手に動けない。

「臓器移植手術を待つ患者をターゲットにするなんて、我ながらいい計画だと思ったよ。あのパンフレットもリアルにできてたろ？　だからお前たちは騙されたってわけだ。カモ第一号だぜ。前後してずいぶん稼がせてもらったが、お前らほどおめでたい奴らはいなかったな」

　男はそう言った後付け足した。

「なんせ、銀行強盗までしたんだからな」

　誰も知らない、ずっと胸に隠していた真実を男が口にした瞬間、怒りに震えていた康太から力が抜けた。

　全身に冷たい汗がジワッと滲《にじ》んだ。極度の焦燥に康太は眩暈《めまい》を起こした。

「そうなんだろ？　え？」

　男は四人の反応を見て、またしても愉快そうに笑った。

「やっぱりそうか。お前たちだったのか。強盗事件が発生した直後だったもんな、お前たちが二千万持ってきたのは。学生のお前らが二千万なんて金持ってこられるわけがねえ。普通の金じゃねえとは最初から思っていたけどな」

　落ち着け、冷静になれと、康太は自分に言い聞かせる。しかしうまく頭が回らない。

「それにしてもよくやったな、銀行強盗なんてよ。まあ、それも無駄に終わったんだがな」

　康太は、人の気持ちを考えようともしない男をキッと睨み付けた。

「どうして、どうして俺たちを狙ったんだ」

「別にハメるのは誰でも良かったんだよ。俺はただ、派手に遊ぶ金が欲しかった。静香は多額の借金をしてたからな、俺の計画に簡単に乗ったぜ。まあ、これからも静香には色々動いてもらうけどな」

男は言った後、へへへと不気味に笑った。

「引っかかるお前たちも悪いんだぜ。つっても、俺のこの頭脳には敵《かな》わないけどな。俺はこう見えても、ずっと心理学を勉強してたんだ。どうすれば人間を操れるか、知ってるつもりだぜ」

康太は、怒りで頭がどうにかなってしまいそうだった。そんなつまらない理由のために、俺たちは銀行強盗をしたのか。こんな奴に踊らされているとも知らず、美希を徒に期待させてしまったのか！

「てめえ！」

国男の叫びが空に響いた。全身震える国男は、ズボンのポケットからバタフライナイフを取りだした。

鋭く光る刃に康太は息を呑《の》んだ。

国男は男に鋭い刃を向けた。

「ぶっ殺してやる！」

「落ち着け国男」

言ったのは英紀だった。

「そうだよ、クニちゃん」

と仁志も弱々しく言った。

英紀は今にも飛びかかりそうな国男をおさえた。国男は英紀をふりほどこうと暴れた。

「離せ英紀！　お前らだってこいつらを殺さなきゃ気が済まねえだろ！　そのつもりでここへ来たんだろ！」

しかし男の目にはバタフライナイフが玩具《おもちゃ》のようにしか映っていないようだった。やれやれというように、国男に銃を突きつけた。

「おいおい、何で俺が殺されなきゃいけないんだよ」

国男は英紀を振りほどき、両手でバタフライナイフを握りしめ、男にゆっくりと歩み始めた。

「国男！」

倒された英紀は叫んだ。

「頂上に登るまではその女を殺そうと思ってた。でもな、まずはお前を殺さなきゃ気が済まねえ」

不気味なくらい冷静に喋《しゃべ》る国男は言った。

こういう時の彼は本気である。しかし康太は止めなかった。国男の危険よりも男に対する恨みの方が勝っていた。

「国男！」

英紀が再び声を上げたと同時に、山頂に銃声が鳴り響いた。

その音に仁志はヒッと小さな悲鳴を上げ、左膝《ひだりひざ》を落とした。

男の放った弾は凍った雪を貫通した。

足を止めた国男は、まるで金縛りにあってしまったかのように、固まっている。

男は、銃口から舞う煙を妙に嬉《うれ》しそうに見つめ、言った。

「俺はな、人を殺すほどバカじゃねえ。ただ、次はお前ら全員の足を撃つぜ。それでもいいなら来いよ」

もし国男が一人だったら、それでも男に突っ込んでいただろう。国男は三人を振り返り、悔しそうにナイフを地面に叩《たた》きつけた。

「くそ！」

「ほう。少しは利口なようだな。それともただのビビりか？」

いくら挑発されても、国男は地面のナイフを拾わなかった。仲間のことを第一に考えている。

　こちらに銃を突きつけていた男の手が、ゆっくりと下りた。

「なあもうそろそろ終わりにしようじゃねえか。お前たちも全て知ってスッキリしたろ。ここでの出来事や会話はお互い胸のうちにしまおうぜ。そうすれば今まで通り、娑婆《しゃば》の空気を吸って暮らしていける。その方がいいだろ？　大丈夫、お前たちが銀行強盗の犯人だなんて誰もわかりゃしねえって」

　俯いたまま反応のない四人を見て、男は加納を連れて下山しようとした。

「待ってくれ」

　康太が呼び止めると、男は鬱陶《うっとう》しそうに足を止めた。

「何だよ。まだ何かあるのか？」

　苦労して頂上まできて、ようやく加納を見つけたというのに、何一つ解決していない。このまま終わらせるわけにはいかない。

　康太は、加納の今の気持ちを知りたかった。

「一つ教えてくれ。どうしてアンタはこの山を登ろうと思ったんだ？　この山を登る前、バスの運転手にこう聞いた。神獄山は、罪を犯した人間が神の許しを得るために登ると。昔からそういう言い伝えがあるって。アンタはそれを知っていてこの山を登ったのか？」

康太がそう尋ねると、加納はうつろな目でこちらを見つめ、微《かす》かに首を縦に動かした。そして遠くの方に目をやり、口を開いた。

「竜也《たつや》と詐欺の計画を立てて、あなたたちからお金を騙《だま》し取った三日後、浩がこの男のせいで病院送りになった」

この男、とは後ろにいる奴のことである。四人はここで初めて男の名前を知った。

「浩？」

と康太が聞くと加納は、

「野間口よ」

と言った。康太の目には爽《さわ》やかな笑みを見せる野間口が浮かんだ。

「浩と私は恋人同士だった。私が詐欺の話を浩に持ちかけたのよ。最初は、借金を抱えている私のために手伝うと言っていた彼だったけど、二千万という大金を目にした彼は分け前が少ないって」

「だから俺が半殺しにしてやったのさ」

と竜也が口を挟んだ。

「それだけじゃない。この男は浩の責任はお前の責任でもあると、私に暴力を振るいだした。酷《ひど》い時は、鼻が折れるまで殴られた。私はある時、こう思った。自分に不幸が続くのは、あの四人からお金を騙し取ったからだと。罪を犯した私には、罰が下ったんだと。もう何もかも嫌になっていた私は、ふとあることを思い出した」

「神獄山の、言い伝え」

康太がそう言うと、加納はこちらを見て深く頷《うなず》いた。

「高校までこの西八代郡で育った私は幼い頃、母から何度もその言い伝えを聞かされた。静香は絶対に悪いことをしたらダメよと、その度に言われていたのに、大人になり、その言葉を忘れてしまった。竜也と出会う前に作ってしまった多額の借金を返すことで頭が一杯で、人の弱みにつけ込んで、金を騙し取るという卑劣な行為に走ってしまった。ほんとうに罰が下るとも知らず。

許しを得るには、神獄山に登るしかないと思った。母がそう言っているようにも思えた。だから私はこの山を登った。でも頂上に着いて悟った。登りきったからといって、罪が消えることはない。許してもらえる訳でもない。皆、弱くて醜い自分を捨てるために、この山を登るのだと」

「弱い自分を捨てるため」

康太はこの道中を振り返りながらそう呟《つぶや》き、加納にもう一つ、気になることを尋ねた。

「どうして、俺たちを頂上に？」

加納は力無く顔を上げ、こう答えた。

「あの手紙に書かれている通りよ。登った後、自分はどうするべきか、私は自分では決められなかった。だから、竜也とあなたたちに手紙を送って、もし、あなたたちが先に頂上に着いたら、警察に自首しようと。竜也が先に着いたら……」

どうしたというのか、加納はそこで言葉を止めてしまった。しばらく考える仕草を見せた加納は、こちらに向かって深々と頭を下げた。

「あなたたちには、申し訳ないと思っています。それと、亡くなった彼女にも。この気持ちは、信じてください」

複雑な感情を抱く康太の耳に、男の高笑いが聞こえてきた。

「何言ってんだよ静香。俺たちは一つも悪くねえ。騙されたあいつらがマヌケだったんだ。それによ、あの子が死ぬのは最初から決まっていたことだよ。俺が暴力を振るうのは、お前が俺の言う通りに動かねえからだろが。ビビってねえで、俺の言うとおり金を集めてくればいいんだよ」

四人は、憎しみに満ちた表情で男を睨《にら》んだ。

どこまでも最低な男だ。

康太は、何もできないのが悔しかった。今すぐあの男を殺してやりたいがそれができない。

男は呆《あき》れた顔を見せ、加納に言った。

「静香、そろそろ行くぞ。こんな奴らといつまでもつき合ってられるかっつうの」

男はズルズルと加納を引きずって行く。四人との距離が広がったところで、男は最後にこちらに向かって告げた。

「じゃあな強盗犯たち。警察に捕まらないよう、せいぜい頑張れ」

男と加納が、段々と離れていく。怒りに震える康太は葛藤《かっとう》していた。

このまま加納をあの男に渡してしまっていいのか。彼女の事情を聞いたって同情はしない。

し加納に対する憎しみは変わらない。しかし、男の好き勝手にさせておくわけにはいかない。

最初は、康太も女を殺すつもりで山を登ってきたが少なくとも女に罪悪感があると知りその想いは消えている。今は、美希の墓の前で詫《わ》びてほしいと思っている。

しかし国男の心境は変わらないようであった。彼は自分が捨てたバタフライナイフを見つめていた。

男は、お前から下りろと加納に指示を出す。加納は言われた通り男の前に立った。

二人の姿が、康太たちの瞳《ひとみ》から消えようとしている。康太は頭の中で、待て！　と叫んだ。

するとその叫びが届いたのか、放心したような表情を浮かべていた加納の表情が、突然鋭く変化した。

そして加納は言った。

「もう、アンタと一緒にいるのはたくさん。さっきの答え、教えてあげる」

そう言って加納は男の足を力一杯に踏みつけた。酷使していた足を踏まれた男は声を上げて飛び跳ねた。その隙に加納が暴れ出した。康太たちも一瞬の隙を逃さなかった。

「今だ」

康太は国男たちに言った。しかし仁志は走る体力をとうに失っている。康太、国男、英紀の三人は足を引きずりながら男に気づかれぬよう忍び寄っていく。国男の右手には、バタフライナイフが握られていた。

男と加納はまだ争っている。しかし男女の力の差は歴然である。男は加納の首を左腕で絞め、こめかみに銃口を向けた。

「大人しくしろクソ女！」

しかし加納は止めなかった。今度は男の腕に噛《か》みついた。男はたまらず奇声を上げ、加納を振りほどこうと必死だった。

すると三人の動きが大胆になった。男は全くこちらの動きに気づいてはいない。加納が抵抗し続ければ、男を取り押さえることができる。

康太の動悸《どうき》は更に激しくなった。二人との距離はもう十メートルもない。彼は飛びかかる体勢をとった。

しかし、空に銃声が鳴り響いた。同時に三人の動きがピタリと止まった。

銃を撃ったのは加納静香であった。男から銃を奪ったのである。

加納は男の背後に回った。先ほどとは全く逆の形であった。

女は無表情のまま三人に銃口を向けた。

「てめえ」

国男は口調は鋭いが語尾が震えた。

「どうするつもりだ」

と康太は聞いた。しかし女は答えなかった。

「おい静香。馬鹿なまねはよして仲良くやっていこうや。な？」

男はただただ怯《おび》えていた。

「どういうつもりだ」

国男が一歩近づくと、

「来ないで」

と加納は再び銃を向け国男の動きを封じた。

長い間、康太たちと加納のにらみ合いが続いた。康太は女の目の奥を覗《のぞ》いたが、彼女が何を考えているのか全く読めなかった。

妙な静けさが流れる中、加納がようやく口を開いた。

「さっきの答え、教えてあげるわ」

これは男に向けて言った言葉であった。

「ああ？」

男は強がった。加納はあくまで冷静な声の調子で言った。

「アンタが先に頂上に着いたら……自分を犠牲にして、アンタに罰を下す」

その言葉が康太たちの耳に届いた時にはもう、二人の姿は頂上から消えていた。

あまりに突然の出来事に、四人は絶句したままその場から動けなかった。

最初に金縛りを解いたのは国男だった。国男が走り出し、ようやく我に返った三人も、男と加納が落ちた方向に走る。

下を覗いた四人の瞳には、頭から血を流して倒れる二人の姿が映った。地面の雪に、赤い液体がジワジワと広がっていく。

男も加納も、ピクリとも動かない。

即死だろう。七メートル近くある石垣から落ちたのだ。

「死んだのか」

恐る恐る声を洩《も》らす英紀に康太は、

「多分」

と答えた。すると、仁志がその場にフラリと崩れ落ちた。

「おい！　大丈夫か！」

三人は仁志の身体を抱き上げた。

四十度近い熱がありながらここまで登ってきたのだ。緊張の糸が切れたのだろう。仁志は気絶してしまっていた。

仁志の身体を支えながら、国男は死んだ二人を見据える。

「あんな奴ら、死んで当然だ」

本心で言っているのかどうか分からないが、康太は国男に言った。

「でも加納は、ずっと後悔してた。申し訳ないという気持ちは、信じてやろう」

国男は何も言わず目を伏せた。

康太は、血を流して倒れる二人を見つめながら思う。

いくら何でも、加納が死ぬことはなかったのではないか。加納には同情はしないが、彼女もある意味、被害者だったのだから。

しかしまさかこんな形で幕が閉じるなんて思わなかった。

　康太はやはり加納が気になり、下に降りようとした。国男がそれを止めた。

「やめとけ。あんな奴ら、気にすることはねえ」

「でも」

「それに今降りるのは危険だ。足を踏み外したらお前まで終わりだぞ」

　国男の言う通りだった。康太には降りる力すら残っていない。

「救助隊を呼ぼう」

　英紀が言った。

「それと」

　康太は付け足した。

「警察もな」

　加納が言った通り、頂上に着いたからといって自分たちの犯した罪が消える訳ではない。自分たちも、そろそろケジメをつけなければならない。このまま逃げ続けてはいけないと思う。

「自首しよう」

　康太が一言そう言うと、国男と英紀は黙ったまま頷《うなず》いた。

　康太は、コートの中から携帯を取りだし、一一〇番をプッシュした。

康太は緊張交じりの声を、受話器に発した。

「もしもし」

現在の場所、状況、そして自分たちの犯した罪のことも全て話した康太は電話を切った。

不安そうにこちらを見つめる国男と英紀に、康太は心配ないというように頷いた。

もうじき、自分たちは警察に捕まる。

だが不思議と怖さはなかった。むしろどこかホッとしている自分がいた。

「仁志を小屋に連れていってやろう」

康太は二人にそう言って、仁志の身体を持ち上げる。三人は気を失った仁志を小屋に運び、寝かせてやった。

力つきたように床に腰を下ろした国男は深い息を吐き、この二日間を振り返った。

「終わったんだな、何もかも」

二日間、苦しい思いをしてやっと頂上に辿《たど》り着いて、ようやく加納を見つけたというのに、虚しさだけが残っている。

康太は、心の中で美希に問いかけた。

美希は今、どう思ってる？

加納静香を許すことができたか？

俺は正直、まだ分からない。

「俺たち、これからどうなるのかな」

不安そうに呟《つぶや》く英紀に、康太たちは言葉を返せない。しばらくは世間から冷ややかな目が向けられるだろう。それが分かっているだけに、何も言えなかった。

ただこれだけは断言できる。

「今後、たとえ四人がバラバラになっても、俺たちは死ぬまで親友だ。美希だってそれを望んでるよ」

康太のその言葉に二人は、

「そうだな」

と声を揃えた。

「何か、疲れたな」

気を抜いた瞬間、睡魔が襲いかかってきたのだろう。国男は壁によりかかり、濡《ぬ》れた身体のまま目を閉じた。英紀も、瞼《まぶた》を閉じる。康太も、知《し》らず識らずのうちに深い眠りに就いていた。

それから約二時間後、救助隊のヘリが神獄山に到着した。

エピローグ

立ち上がる気力さえ失っていた彼らは、自力ではとても下山できなかったろう。

救助隊に無事、救出された彼らは東京の病院に運ばれた。

三日後、高熱の下がらない仁志以外の三人は警察の取り調べを受け、強盗について自供した。彼らの言葉通り、横浜市内の河原から証拠品が見つかり、三人は逮捕された。仁志も退院後逮捕された。

今回の事件はマスコミが大きく取り上げた。

『親友の心臓移植手術費のための銀行強盗』

『移植費は二千万！　四人の学生、苦渋の選択』

等々、彼らが起こした事件の見出しは各新聞の一面に躍り、報道番組では五人の特集を組む局もあった。

四人の犯行の動機を知った視聴者からは同情の意見が殺到した。無力ながらも一人の親友を助けようとした四人に、多くの人間が胸を熱くした。

逮捕から一週間が経った五月二十六日、まさか自分たちがそこまで注目を浴びているなど知る由もない康太はこの日、拘置所の面会室に通された。

間もなく、殺風景な室内の扉が開いた。ずっと俯《うつむ》いていた康太はスッと顔を上げた。

初めて面会に来たのは良子だった。

「おばさん」

良子の姿を見た瞬間、康太は感情を抑えきれず目を潤ませた。この一週間、狭い部屋の中で孤独に過ごしていた康太はただただ不安だった。誰かに会いたくて仕方なかった。良子が来てくれたおかげで、心を強く締めつけていた糸がほどけていく。パイプ椅子に座った良子も、康太の表情を見て涙をこぼした。

「おばさん？」

良子はハンカチで涙を拭《ぬぐ》い、

「ごめんね。つい」

と涙声を洩《も》らし、康太の顔を見つめた。

「無事でよかった。本当に良かった」

心底安堵《あんど》してくれる良子に康太は再び胸を熱くした。家族は見舞いすら来てくれなかったのだ。

「ずっと心配してたのよ」

康太は良子に深く頭を下げた。

「ごめんなさい。でも、美希のためにどうしても行かなければならなかったんです」

「加納、静香さんだったわね」

「はい」

「男性の方は残念だったけど、彼女は何とか一命をとりとめたようで、よかったわ」

憔悴《しょうすい》しきった加納の姿が目に浮かんだ。

加納が助かったと知らされたのは救出された翌日のことだった。大量の出血があったが、彼女は死んでいなかったのだ。

現在、加納は病院で治療を受けているそうだ。話によると、加納は美希の墓参りを切望しているらしい。

「でも、おばさん。加納は僕たちを」

「戸部くん」

康太の言葉を止めた良子は、

「どんな人間でも、死んでいい人間はいない。あなたが一番、命の重さ、大切さを知ってるでしょ」

と諭すように言った。

良子のその言葉は、康太の胸にグサリと突き刺さった。良子の言うとおりだ。加納が生きていると知った時、複雑な思いを抱いた自分が嫌になった。

「そうですね」

それからしばらく沈黙が続いた。何か深く思い込んでいる様子の良子に康太は声をかけた。

「おばさん？」

良子は落ち込むように下を向いてしまった。

「どうしたの？」

良子は俯いたまま言った。

「申し訳なくて」

言って、良子は胸に溜《た》めていた息を吐き出した。

「何がですか？」

「美希のために、あなたたちは犯罪者に……」

康太は、責任を感じる良子に首を振った。

「気にしないでください。僕たちは後悔していませんから」

「ありがとう。戸部くん」

「いいんです。そのことはもう」

ほんの数秒間、複雑な空気が流れた。良子は何かを思いだしたように顔を上げた。

「裁判が始まるのには、まだ時間がかかるのよね？」

「はい」

「美希が見守ってくれているわ」

「ええ、そうですね」

係官が康太の肩を叩《たた》いたのは、二人が美希の想い出を思いつくままに話していた時だった。面会終了の合図だ。康太はパイプ椅子から立ち上がり、良子に軽く頭を下げた。

「今日は来てくれて嬉《うれ》しかったです。ありがとうございました」

振り返った彼に良子は声をかけた。

「戸部くん。おばさん待ってるからね」

康太は良子に安心した顔を見せ、

「はい」

と頷《うなず》いた。

面会室を出た康太は、再び独居房に戻された。扉が閉められると、カチリと鍵《かぎ》の音がした。

段々と足音が遠ざかっていく。

やがて、辺りは静まり返った。

康太は、小さな窓から見える青空に、美希の顔を浮かべた。

「どんな人間でも、死んで構わない人間はいない……か」

そうだよな美希。いくら恨んでいたとしても、死んでいいなんて思ったらいけない。

ただ美希はどうだ？　もう一度同じことを聞くよ。

お前はあの二人を許せるか？

優しいお前のことだ。きっと許してしまうんだろうな。そう、お前はどんな時も優しくて、正義感の強い女性だった。

美希と過ごした七年間が走馬灯《そうまとう》のように蘇《よみがえ》った。

お前が死んでからずっと、俺はお前といた日々を思い出すたび、悲しい気持ちになり、涙を浮かべていた。

俺は振り返ってばかりだった。

でも、俺はもう泣かない。弱い自分は捨てたんだ。

美希、俺はこれからお前の分までしっかりと生きる。だからこの先も見守っていてくれ。

美希にそう告げた康太は、肝心なことを思い出した。

「そうだ、まだ四人揃って墓参りしてなかったよな。ごめんな。刑務所から出たら、必ずみんなで行くから」

約束すると、青空に浮かぶ美希が微笑《ほほえ》んだのを見た。康太は微笑み返した後、これからのことをしっかりと見据えた。

罪を犯した自分にはこの先、想像しているよりも遥《はる》かに厳しい現実が待っているかもしれない。

それでも俺は負けない。俺はこれから強く生きる。

最後の最後まで生きた、美希のように。

解　説――イラストに込めた思い

watabokku

今回『パーティ』のカバーイラストを制作するにあたり、極力作品に対する先入観は排除して考えることを心がけました。

私はこれまで山田悠介さんの作品に対して、過激な表現やどんでん返しを交えながらも、情景を読み手に思い浮かばせ、テンポよく読み進められる作品という印象を抱いていました。しかし、今作においては山田悠介さんらしい作品でありながらも、個性の強い主人公４人の精神的な支柱であり、中心に位置する象徴的な存在である美希との、純愛や青春の淡い匂いを作品全体から強く感じました。

そして、美希にフォーカスすると、主人公たちをまた別の角度から見ることができるので

はないかと考え、今回のカバーイラストの構図を組みました。着手してからは4人の主人公と美希のキャラクターが実体化していくような感覚に陥りながらも、想像以上にイメージを深く掘り下げて仕上げることができたつもりです。

山田悠介さんの素敵な作品と一緒にこのイラストの5人が楽しく旅をしてくれることを願うばかりです。

――――デジタルアーティスト

この作品は二〇一一年六月角川文庫に所収されたものです。